FOLIO CADET

Pour William W. E. Heitler
(W. E. = Webmestre Extraordinaire)

Remerciements

Je voudrais remercier mon agent Lindsay Fraser pour être le meilleur croisement de rottweiler et de basset fauve de Bretagne dont un auteur puisse rêver. Je voudrais aussi remercier Liz Maud et Rona Selby, d'Andersen Press, pour avoir soutenu Les Mystères de la Gargouille *dès la première heure.*

Traduit de l'anglais
par Karine Chaunac

Maquette :
Anne-Catherine Boudet

ISBN : 978-2-07-062719-6
Titre original : *The Wickit Chronicles - Ely Plot*
Édition originale publiée par Andersen Press Ltd., Londres, 2007

N° d'édition : 168910
Loi n° 49-956 du 16 juillet 1949 sur les publications destinées à la jeunesse
Dépôt légal : octobre 2009
Imprimé en Espagne par Novoprint (Barcelone)

Joan Lennon

illustré par
David Wyatt

GALLIMARD JEUNESSE

Le monastère de Wickit

Abbé Michel – Supérieur des moines, père de la communauté

Prieur Benoît – Prieur, second dans la hiérarchie

Frère Gilbert – Infirmier, moine chargé des soins médicaux et de la préparation des médicaments

Frère Bernard – Intendant, moine chargé de l'approvisionnement et de la cuisine

Frère Paul – Homme à tout faire du monastère

Frère Jean

Pépin

Précieuse

Londres

Le roi Arnold

Sire Gilles

Sire Robert

Ely

Évêque d'Ely

Frère Marc – Chantre de la cathédrale d'Ely, maître du chœur

Alphonse – Choriste soliste

Sire Robert

Sire Gilles

Chapitre 1

La veille de l'automne

La journée aurait très bien pu être épouvantable : grise, humide, avec un méchant vent d'est qui aurait écarté définitivement toute tentative périlleuse de grimper sur le toit. Mais il n'en était rien. Il faisait chaud, le ciel clair et calme paraissait une réminiscence des plus beaux jours d'été venue se glisser juste avant l'automne.

Les moines étaient rassemblés dans la cuisine du monastère de Wickit et écoutaient frère Paul qui essayait de se convaincre d'aller inspecter la couverture de l'église avant que le temps ne se gâte. Il fallait le faire ; il le savait. Mais frère Paul avait peur du vide. On aurait pu croire en le regardant qu'il était de toute façon trop chétif pour ce genre de travaux. Mais c'était une erreur. Ses muscles nerveux étaient coulés dans l'acier.

– Prends le gamin avec toi, tonna frère Bernard, l'intendant, tandis qu'il s'essuyait les mains dans un torchon. Il est maintenant assez grand pour te rendre quelques services.

Des années passées le dos courbé au-dessus de fours brûlants et d'âtres à feux ouverts avaient coloré son visage d'une teinte brique presque identique à celle de ses cheveux frisés brun-roux. Frère Bernard ressemblait à sa cuisine : chaleureux, accueillant... et bruyant. Il n'était pas particulièrement corpulent, mais il avait une très grosse voix. On pouvait l'entendre chanter, faux qui plus est, par-dessus le fracas de ses gamelles. À l'office, il couvrait tous les autres participants et provoquait maints tressaillements et haussements de sourcils chez le prieur Benoît.

Pépin leva la tête du poêlon qu'il était en train de récurer. Il ne serait jamais bien grand – c'était d'ailleurs la raison pour laquelle les moines l'avaient baptisé Pépin – mais il avait tout de même gagné en centimètres durant les six derniers mois. Grimper sur le toit semblait particulièrement exaltant...

– Emmène le garçon et épargne-moi d'avoir à recoller tes morceaux si tu décides de monter à nouveau sur cette échelle, fit frère Gilbert d'une voix impatiente.

Il tenait l'infirmerie et était l'un des frères préférés de Pépin. Son large visage, à la fois doux et laid, rappelait celui d'une grenouille ; ses mains faisaient penser à des battoirs et sa voix inspirait la confiance. Les maladies comme les remèdes qui abondaient dans les marais des Fens n'avaient pratiquement aucun secret pour lui. Fièvres et furoncles, toux sèche et yeux chassieux, douleurs articulaires et coliques : frère Gilbert leur menait une véritable guerre sainte.

– Il faudra bien que je monte, protesta frère Paul. Le petit ne saura pas ce qu'il doit regarder.

– C'est juste, c'est juste. Mais laisse-le quand même venir avec toi, pour notre bien à tous, insista frère Gilbert. Essaye de rester à l'écart de mon infirmerie.

Ainsi, en cette belle journée, Pépin se retrouva sur le toit de l'église de Wickit, au

lieu de se plier aux mille autres corvées qu'on lui imposait d'ordinaire. Et cela n'allait pas être sans conséquences…

De mémoire d'homme, le monastère de Wickit avait toujours existé. Il n'était pas très grand : comme la plupart des gens qui vivaient dans ces vastes marécages, les moines avaient bâti sur une île. Même les années les plus sèches, il n'y avait pas suffisamment de surfaces émergées pour se lancer dans d'imposantes constructions. Wickit se composait d'un assemblage de terrains irréguliers entourés de joncs, de roseaux, de boue et d'eau.

Mais il ne s'agissait pas d'une eau quelconque, banale, comme celle d'une rivière ou d'un lac. L'eau des Fens était fuyante, trompeuse, certains auraient même dit sournoise. Elle aimait jouer avec les apparences. Une étendue calme et dégagée pouvait se transformer en bourbier gluant. Une prairie d'herbe d'un beau vert vif n'était parfois qu'un voile dissimulant d'imprévisibles profondeurs obscures. Un canal clair et droit, visible à travers les roseaux, commençait à faire mille détours dès qu'on se décidait à l'emprunter, puis se séparait en de nombreux bras de plus en plus étroits ; l'enchevêtrement serré des joncs empêchait alors toute marche arrière. Certaines îles dérivaient et d'étranges bruits montaient parfois des marécages, des bruits de succion, comme les pas d'un énorme animal qui progressait lentement dans la boue. Et puis il y avait aussi les lumières – feux follets, flammeroles, lanternes fantômes – qui entraînaient l'imprudent ou le désespéré dans le labyrinthe des roseaux où il finissait par être englouti. Le phénomène prenait différents noms suivant la partie des Fens où l'on se trouvait, mais inspirait partout la peur.

Dans un endroit pareil, une église était une nécessité absolue.

Un voyageur reconnaissant alla jusqu'à léguer de l'argent aux moines dans son testament – assez pour remplacer le vieil édifice en bois par une solide bâtisse de pierre. Mais les fonds furent néanmoins épuisés avant l'installation de la flèche, si bien que seule une tour courtaude se dressait sur le toit.

Quand Pépin arriva à Wickit, l'église était encore toute neuve. Il n'était qu'un bébé lorsque sa mère, l'esprit embrumé par la fièvre des marais, le porta jusqu'à l'île du monastère avant de s'écrouler dans la boue et d'y mourir. Malgré ses compétences médicales, frère Gilbert dut user de toute son énergie pour conserver en vie ce petit bout d'homme. L'église faisait maintenant partie du paysage et la pierre commençait à montrer quelques légers signes d'érosion. Heureusement, frère Paul était un réparateur de génie : bois, métal, roseau, pierre, rien ne lui résistait. Mais il préférait travailler avec les pieds bien ancrés dans le sol.

– Les cailloux ne poussent pas sur les

arbres, tu sais, marmonna-t-il à l'intention de Pépin, tandis qu'ils frappaient les tuiles à petits coups pour distinguer celles qui tenaient encore des plus branlantes. Regarde un peu dans quel état est ce toit ! Comment vais-je me procurer des tuiles de rechange ? Au moins, avec l'ancienne église, on avait tous les matériaux de couverture dont on pouvait rêver, à disposition, sur le pas de la porte.

Il fit un large geste en direction des bouquets de roseaux qui s'étendaient jusqu'à l'horizon brumeux, puis il se rappela soudain à quelle hauteur il se trouvait et agrippa fermement l'échelle.

Ils travaillèrent sans plus s'interrompre. Pépin n'avait pas peur du vide et se mouvait comme un chat sur les tuiles, ce qui provoquait de soudains changements de couleur sur le visage de frère Paul. Ils finirent par atteindre la bordure ouest de la toiture et le moine rassembla ses marteaux pour les passer dans sa ceinture.

– Bien, nous voilà tirés d'affaire. Pour ce versant, en tout cas. Descendons, maintenant.

– Mais… et la tour ? protesta Pépin. On ne l'a pas vérifiée. Comment c'est, là-haut, frère ? Est-ce qu'on peut voir jusqu'à Ely ? Est-ce qu'on peut voir la mer ?

Frère Paul ne le regarda pas. Il grommela quelque chose.

– Pardon, frère ? demanda Pépin.

Il y eut de nouveaux grommellements qui ressemblaient étonnamment à : « Je ne sais pas. »

Pépin le dévisagea.

– Vous ne savez pas ? Vous voulez dire que vous n'êtes jamais monté sur la tour ? Vous ne l'avez jamais examinée ? Après toutes ces années ?

C'était stupéfiant. Frère Paul était toujours tellement consciencieux. « Repère les problèmes avant qu'ils ne deviennent des problèmes, et tu n'auras jamais à les régler ! » aimait-il répéter.

– Oui, et alors ? coupa le moine. Il n'y a pas eu de fuites, non ? Ils ont utilisé le meilleur plomb pour le toit de cette tour, ils lui ont donné la bonne courbure, avec des rigoles d'évacuation...

Mais frère Paul n'était pas homme à fanfaronner. Il s'arrêta net.

– J'avais trop peur, admit-il.

Pépin tendit le bras et lui tapota l'épaule.

– Ne vous en faites pas, dit-il avec l'espoir de ne pas paraître trop suffisant. Je vais aller jeter un œil à votre place.

Pépin éprouvait un agréable sentiment de supériorité, plutôt inhabituel chez lui. Il n'avait rien contre frère Paul, bien au contraire, mais il était grisant de se retrouver pour une fois meilleur que quelqu'un à quelque chose. Il se sentait sans doute un peu coupable, mais était trop content pour vouloir s'attarder sur cette pensée.

L'audace lui donnait des ailes. Il saisit un des marteaux, fila sur le toit en trottinant avec insouciance et attrapa d'une main le muret de pierre qui couronnait le sommet de la tour. À la dernière seconde, son pied glissa ; par chance, il réussit à se raccrocher de justesse du bout des doigts. Dans son esprit, il entendit résonner la voix du prieur Benoît qui le houspillait : « L'orgueil précède la chute ! » Il déglutit. Son cœur battait à tout rompre. Il se hissa de l'autre côté du parapet et se laissa retomber sur la couverture en terrasse de la tour. « C'était la main de Dieu ! pensa-t-il. Si frère Paul a vu ça, il a probablement eu une attaque ! »

Pépin glissa un œil vers le bas et fut soulagé de constater que le moine était toujours occupé à tripoter ses marteaux.

Soudain, il entendit de nouveau la voix du prieur, mais bien réelle cette fois.

– Frère ! Où est passé ce maudit garnement ? J'ai du travail pour lui !

Pépin ne pouvait l'apercevoir et se trouvait lui-même manifestement hors de vue. Le frère prieur devait se tenir tout près de l'échelle, l'avant-toit les dissimulait l'un à l'autre. « Oh, non, se dit Pépin avec consternation. Pas maintenant ! »

Il croisa le regard de frère Paul et le fixa d'un air suppliant.

– Ne dites rien, je vous en supplie, murmura-t-il.

Le moine émit un gloussement désapprobateur.

« S'il vous plaît », pria silencieusement Pépin.

– Frère ! Sais-tu où il est ?

Le prieur n'était pas un homme patient.

Frère Paul soupira et plaça une main devant ses yeux tandis que, de l'autre, il renforçait son point d'appui sur l'échelle.

– Je l'ai aperçu il n'y a pas très longtemps, lança-t-il d'une voix solennelle. Mais je ne le vois plus maintenant.

Pépin étouffa un rire de son poing fermé. Il entendit frère Benoît pousser un grognement énervé. Il ne pouvait toujours pas le distinguer, mais il n'était vraiment pas difficile d'imaginer la tête qu'il faisait : Pépin l'avait toujours connu en colère. C'était un grand homme décharné avec un profil d'oiseau qui lui donnait l'air d'un héron furieux.

– Mais je serais ravi de venir vous aider, poursuivit frère Paul avant de commencer à redescendre avec précaution. Je reviendrai ensuite finir les réparations du toit.

Lorsque sa tête fut sur le point de disparaître sous l'auvent, il leva les yeux vers Pépin et lui adressa un clin d'œil.

Le jeune garçon s'étendit sur le revêtement de plomb chauffé au soleil et savoura silencieusement sa victoire. Il pensait connaître chaque recoin de Wickit où il était possible de disparaître à la vue des autres, mais ça… ! Un vrai petit royaume perché dans les airs, que personne, mis à part frère Paul, ne soupçonnait. Pépin plissait les yeux avec bonheur en contemplant le ciel bleu ; il chantonnait doucement, satisfait d'entendre les bruits familiers du monastère s'élever jusqu'à lui comme s'ils venaient de loin, très loin. Bientôt, le soleil le plongea dans une douce somnolence, une sorte de rêve éveillé où le frère prieur lui offrait des dragées et lui disait : « Rien ne pouvait me faire plus plaisir, Votre Grâce, que la nouvelle de votre nomination par le roi en tant qu'archevêque de toute l'Angleterre… »

Ce fut alors qu'il entendit un reniflement. Pépin retint sa respiration. Le son provenait d'un coin de la tour, juste derrière lui.

Il n'était pas seul.

Chapitre 2

Le reniflement

D'un mouvement vif, Pépin roula sur lui-même et se retrouva à genoux.

– Qui est…, commença-t-il.

Le reste de sa phrase se perdit dans un murmure. Il fixait un des coins de la tour où des feuilles, des fleurs et des fruits, plus vrais que nature, étaient sculptés dans l'épaisseur de la muraille. Parmi les motifs végétaux, quelqu'un lui rendait son regard, on aurait dit, mais oui…

… une gargouille. Une petite gargouille de pierre de la forme d'un dragon, avec des griffes, des ailes, une longue queue et de grands yeux. L'exécution en était si soignée que Pépin aurait presque juré avoir vu ses paupières cligner et ses flancs se soulever au rythme d'une respiration. « Ne sois pas ridicule ! » se sermonna-t-il.

Mais il y eut un nouveau reniflement.

– Mon nez me chatouille, fit une voix, comme si cela suffisait à tout expliquer.

Le cerveau de Pépin enregistra que le timbre du dragon était plutôt… féminin.

– Qui es-tu ? souffla-t-il.

La petite gargouille se redressa de toute sa hauteur, c'est-à-dire d'environ quinze centimètres.

– Je m'appelle Précieuse, répondit-elle. Précieuse offrande. Un cadeau d'adieu, si tu préfères.

– Pardon ? hoqueta Pépin.

– C'est ainsi que mon créateur m'a baptisée. Voici sa marque de tâcheron.

Elle désigna un « V » gravé sur le mur parmi les feuilles en bas relief.

– Je me souviens encore du jour où il m'a terminée. Il m'a souri, m'a caressé la tête et donné mon nom. « Tu es précieuse, m'a-t-il dit. Ma précieuse offrande, mon cadeau de départ. » Et puis… je ne l'ai jamais revu.

Une larme roula le long de son museau. Elle la lécha de sa langue interminable.

– Je n'ai qu'un seul nom, avoua humblement Pépin. Les frères m'ont adopté quand j'étais bébé et m'ont appelé Pépin parce que j'était petit, une petite graine, tu vois.

Il baissa la voix.

– Je ne me souviens pas de mes parents.

La gargouille eut l'air perplexe.

– Parents ? demanda-t-elle. Qu'est-ce que c'est ? Un peu comme un créateur ?

– Ben… oui, je suppose. C'est à peu près ça.

Pépin se frotta le nez

– Ils sont morts. Frère Gilbert m'a dit que, cette année-là, la fièvre des Fens avait été particulièrement mauvaise.

Il y eut un silence embarrassé mais la curiosité fut la plus forte.

– Donc, j'étais chez les frères, mais toi,

qu'est-ce que tu as fait pendant toutes ces années ? demanda Pépin.

– Eh bien, j'ai regardé le paysage, répondit la dragonne. Tu as remarqué la vue magnifique qu'on a d'ici ? Parfois, j'attrape des mouches. Ou je dors. Mais bon, la plupart du temps, je regarde le paysage.

Pépin était stupéfait.

– Le paysage ? Pendant des années ?

Précieuse l'observa sans comprendre.

– Je suis une gargouille. C'est la vie des gargouilles.

Pépin réfléchit un moment.

– Et comment le sais-tu ? Tu en as déjà rencontré, des gargouilles ? À part toi, je veux dire ?

La dragonne haussa ses petites épaules de pierre.

– Je ne sais pas. Moi, je fais ça, c'est tout. Il y a un problème ?

Pépin lui décocha un large sourire.

– Non, aucun problème.

Précieuse lui sourit de même.

– C'est sûr, quand j'y pense, il y a bien eu des moments où je me suis sentie un peu seule, ajouta-t-elle timidement.

Elle fut interrompue par un bruit sourd qui semblait venir d'en bas.

– C'est frère Paul, dit Pépin avec inquiétude. Il revient me chercher. Nous étions en train de travailler sur le toit. Il faut que je parte. Il vaudrait mieux que...

Il marqua une pause tandis que les pas lourds sur les barreaux de l'échelle semblaient se rapprocher. La dragonne et le garçon se dévisagèrent avec de grands yeux.

– Ne pars pas ! Viens avec moi ! firent-ils en même temps.

– Mais j'ai peur ! murmura Précieuse.

– Ne t'inquiète pas, je te protégerai ! chuchota à son tour Pépin. Là, cache-toi dans mon capuchon !

– Plus aucun danger à l'horizon, mon garçon ! cria frère Paul depuis le haut de l'échelle. Descends, dépêche-toi ! C'est l'abbé qui te réclame, maintenant !

– J'arrive, frère !

Pépin attrapa Précieuse qui était étonnamment légère et chaude au toucher. Il la fit passer par-dessus son épaule et glisser dans son capuchon.

– J'arrive !

Chapitre 3

Wickit

Depuis que le vieux frère François était mort paisiblement dans son sommeil quelques années plus tôt, le monastère ne comportait plus qu'une demi-douzaine d'hommes, qui se trouvaient parfois contraints d'assumer le double de travail.

Au grand soulagement de Pépin, ce fut l'abbé Michel qui prit en charge son éducation : il avait échappé de peu au prieur Benoît ! Les leçons étaient plutôt agréables, le maître et l'élève s'aimaient bien ; plus Pépin grandissait, plus ils prenaient plaisir au temps passé ensemble. Le devoir d'un abbé était bien sûr de montrer une affection équitable aux membres de sa congrégation, mais il n'était pas dit qu'il doive vraiment tous les apprécier !

L'abbé Michel n'était pas un homme des Fens. Son doux accent gallois le trahissait dès qu'il ouvrait la bouche. Un jour, à la fin d'une leçon, Pépin osa lui demander comment il s'était retrouvé si loin de chez lui.

– Quand j'étais jeune, je ne tenais pas en place, expliqua l'abbé Michel. Je voulais voir le monde. Et quelque part là, tout au fond…

Il toucha sa poitrine de sa main noueuse.

– … j'ai toujours pensé que je rentrerais chez moi. J'étais immature et stupide. Bien sûr, je n'y suis jamais retourné.

– Est-ce que ça vous a manqué, mon père ? Je veux dire, l'endroit où vous avez grandi ?

– Les collines m'ont manqué. En fait, au début, c'était comme avoir un os brisé. Chaque fois que je levais les yeux pour les apercevoir et que je prenais conscience qu'elles n'étaient plus là, je sentais des esquilles s'enfoncer dans ma chair. Mais les os se ressoudent avec le temps et l'on s'habitue à certaines douleurs. Elles vous accompagnent. Et puis, le royaume de Dieu est partout sur la Terre, n'est-ce pas ?

Il se tourna vers Pépin et lui adressa un sourire amical, mais empreint d'une certaine réserve : il voulait lui faire comprendre que le moment des questions était terminé. Il poursuivit :

– Et comment dit-on « royaume de Dieu » en latin ?

Le latin ne posait pas vraiment de difficultés, mais c'était les leçons de chant qui plaisaient le plus à Pépin et à l'abbé. Ce jour-là, cependant, le vieil homme se rendit compte que le garçon ne lui accordait pas toute son attention.

– Où est passée ta voix, Pépin ? Je peux à peine t'entendre et nous sommes dans la même pièce !

– Désolé, mon père.

– Souviens-toi de ce que je t'ai appris : imagine que tu es un arc, mon petit, décoche tes notes comme des flèches !

Il attira Pépin vers la fenêtre et pointa du doigt vers l'extérieur.

– Tu vois frère Benoît ?

Au moins, de l'autre côté de l'île, le jeune garçon aperçut Sylvestre le pêcheur, accroupi dans sa barque, la tête baissée d'un air maussade. Dressé au-dessus de lui, penché vers l'avant et brandissant un doigt accusateur, se tenait le prieur qui était visiblement en train de le sermonner.

– Oui, je le vois, répondit Pépin.

Il se sentait maintenant très impliqué…

– Vas-y mon fils, vise.

La voix de l'abbé était douce et ne laissait rien transparaître.

– Oui, mon père.

Pépin prit une grande inspiration, concentra son regard sur le maigre postérieur de frère Benoît, trouva la note dans sa tête et l'envoya fendre l'air.

Le prieur fit un bond remarquable, même s'il ne réalisa pas le plongeon dans l'eau qu'aurait souhaité Pépin. Il atterrit cependant dans la gadoue spongieuse de la berge. Après avoir extirpé ses pieds de la fange puis retiré ses sandales, il se retourna avec colère… et resta pantois. Il n'y avait personne aux alentours. L'abbé l'observait depuis sa fenêtre et levait la main dans un geste de bénédiction. Le frère prieur se signa, perplexe. Sylvestre plaça sa main devant sa bouche pour dissimuler un sourire.

La journée de Pépin se poursuivit le mieux du monde. Aux vêpres, au moment du *Benedictus*, il entonna le déchant d'une voix haute et claire, si belle que chacun sourit au milieu de ses prières, sauf frère Benoît. Et pendant tout l'office, il sentit Précieuse blottie dans son capuchon, chaude contre son dos, et l'entendit fredonner doucement sur la musique.

Peu avant l'heure du coucher, frère Paul fit irruption dans la cuisine.

– Tu m'as bien aidé aujourd'hui, mon garçon, dit-il. Sur le toit. Merci.

Pépin rougit jusqu'aux oreilles : il n'était pas habitué à être ainsi traité en adulte.

– Ce… C'était un plaisir, frère, répondit-il.

Puis, alors que le moine s'apprêtait à s'en aller, il ajouta :

– Euh… Pourrais-je vous poser une question ?

Frère Paul se retourna avec un regard interrogateur.

– Je me demandais… Qui était « V » ?

Le moine resta interdit.

– J'ai vu sa marque en haut de la tour. Je pensais que vous saviez qui c'était. Qui a travaillé sur cette tour, quand l'église a été construite ?

Frère Paul se gratta la tonsure. Ses cheveux repoussaient toujours plus vite que ceux des autres et, entre deux rasages, le sommet de son crâne n'était jamais bien net et le démangeait. Il sembla soudain avoir une illumination.

– « V », fit-il, ça doit être ce gars qui venait de loin ; Vincenzi, il s'appelait. Quelle maîtrise ! Il connaissait la pierre, le bougre, comme une mère connaît ses enfants.

Il hocha la tête à ce souvenir.

– Je vais te confier quelque chose que j'ai noté à propos de Vincenzi, continua-t-il. Des détails, rien de plus, mais qui m'ont fait penser qu'il n'était pas étranger à la vie monastique.

– Qu'est-ce que vous voulez dire ?

Pépin le regarda avec attention.

– Est-ce que vous avez remarqué quelque chose en particulier ?

Frère Paul eut l'air embarrassé. C'était une des règles de l'ordre de ne pas se livrer aux commérages ; en fait, la règle recommandait de ne pas parler du tout, à moins que cela ne soit absolument nécessaire. Mais frère Paul était un incorrigible bavard et l'histoire était trop bonne pour ne pas être racontée. Et puis, s'il s'adressait au petit, cela ne comptait pas vraiment… Il se pencha d'un peu plus près.

– Eh bien… Je l'ai vu deux fois faire mine de coincer une robe de moine dans sa ceinture avant de grimper à l'échelle, puis se reprendre, et sembler agacé par son geste. Mais surtout, il donnait cette impression de toujours savoir l'heure qu'il était… Il relevait systématiquement la tête de son labeur juste avant que les cloches ne sonnent pour les offices ; il n'a jamais laissé un ouvrage à moitié terminé, comme s'il était tellement habitué aux intervalles entre deux prières qu'il s'arrangeait pour achever son travail dans les temps. Je ne sais pas si tu me suis… Et il ne manquait jamais les matines, bien que personne ne s'attende à voir un fidèle se présenter à l'église à trois heures du matin…

– Vous pensez donc qu'il était moine ? Qu'il était moine et qu'il a… renoncé ? !

Pépin ne pouvait imaginer aucun frère de sa connaissance quitter les ordres. Ces choses-là ne se produisaient tout simplement pas !

Frère Paul se tapotait l'aile du nez et ne répondait pas.

– Et qu'est-il arrivé ensuite ? demanda le jeune garçon.

– Rien. Les fonds pour la réfection de l'église se sont épuisés, le travail s'est arrêté et il est parti. À la fin, je me souviens de l'avoir entendu marmonner : « Je vais rentrer chez moi, maintenant, pour le temps qu'il me reste. »

– Qu'est-ce que ça signifiait ?

Frère Paul secoua la tête.

– Je crois que l'homme n'était pas en très bonne santé, mon petit. Il devait savoir qu'il ne lui restait pas longtemps à vivre. Paix à son âme.

Seul Pépin entendit le petit cri plaintif qui venait de son capuchon.

– Eh bien, bonne nuit, mon garçon.

Frère Paul prit le chemin du dortoir des moines.

Pépin dormait généralement seul dans la cuisine, à moins que le monastère n'ait des invités. Il couvrit le feu et étendit sa paillasse non loin de la chaleur de l'âtre.

– Précieuse ? murmura-t-il. Ça va ?

Il sentit des griffes labourer la laine rêche de sa tunique, tandis qu'elle se hissait sur son épaule avant de glisser le long de sa manche. Elle s'assit sur son avant-bras comme un oiseau de proie miniature et l'observa avec ses grands yeux qui brillaient à la lueur du feu.

– Est-ce que ça va ? demanda-t-il encore.

Il caressa avec précaution, du bout du doigt, le sommet rugueux de la petite tête. Précieuse se tint toute raide pendant un instant, puis il la sentit se détendre, sans qu'elle perde pour autant une once de son apparence minérale.

– Oui, Pépin, dit-elle. Ça va. Maintenant, ça va.

Chapitre 4

La cire et le brochet

L'une des tâches de Pépin consistait à gratter les coulures et les gouttes de cire figées sur les bougeoirs, le sol et les murs de l'église. La fabrication des cierges de Wickit se faisait en cuisine à partir de tout ce qui tombait sous la main de frère Bernard : des restes de saindoux, de la graisse de porc ou du suif. Pendant les offices, les cierges fumaient, grésillaient, dégageaient une odeur pestilentielle et dégoulinaient partout. Pépin les détestait. Il s'était fabriqué des grattoirs en bois de tailles différentes mais, bien souvent, seuls ses doigts lui permettaient d'arriver à un résultat satisfaisant.

Ses mains sentaient alors le gras rance et il passait des heures à essayer de retirer des résidus dégoûtants de sous ses ongles.

La première fois que Précieuse le rejoignit dans l'église, elle le trouva à genoux, en train de décaper une petite flaque de cire sur la pierre rugueuse du sol. Tous ses efforts n'aboutissaient qu'à étaler un peu plus la mélasse graisseuse ; les minutes passaient et il perdait visiblement patience.

La dragonne l'observa un petit moment, perchée confortablement sur la balustrade de la chaire.

Elle finit par faire remarquer :

– Tu en as oublié un peu.

Pépin grogna.

– On ne peut vraiment pas dire que tu fasses du bon travail, ajouta-t-elle.

– Et tu ferais mieux, peut-être ? coupa Pépin.

– Oh, mais bien sûr. Tu veux bien te pousser ?

Pépin se redressa péniblement.

– Écoute, je n'ai pas de temps à perdre..., commença-t-il.

Mais Précieuse était déjà à l'ouvrage. Étendue sur le ventre, la joue contre le sol, elle crachait de douces petites flammes. Dès que la cire ramollissait, elle se relevait pour la lécher de sa langue râpeuse et semblait laper plus vite qu'un chat dégustant à la sauvette un bol de crème interdit.

– Délicieux ! gazouilla-t-elle avant de se diriger vers la dalle suivante.

Pépin l'observa.

Elle contrôlait de manière très impressionnante la puissance de son souffle ardent. Elle était capable, par exemple, de liquéfier de la cire sur les murs sans endommager la peinture ou de caresser chaque recoin et enjolivure des chandeliers avec de petites flammèches pour faire ensuite place nette d'un coup de langue. De plus, elle se débrouillait pour rester propre, ce que Pépin trouvait au moins aussi stupéfiant que sa capacité à transformer une corvée fastidieuse en pique-nique. Précieuse ne sentait jamais rien d'autre que la pierre chaude, une odeur qu'il avait toujours aimée.

Beaucoup des tâches de Pépin demandaient trop de force ou étaient trop exposées au regard des autres pour que Précieuse puisse lui apporter son concours ; mais, même quand elle devait rester dissimulée, c'était toujours bon de l'avoir pour compagnie. Pépin ne s'était jamais rendu compte à quel point il avait été seul et avait besoin d'un ami.

La nuit, elle dormait sur la paillasse près de la cheminée de la cuisine, enveloppée dans la couverture de Pépin. La journée, elle se cachait, si nécessaire, dans son capuchon ou dans sa tunique ; sinon, elle s'accrochait au sommet d'un mur ou sur la poutre d'un toit et se fondait dans le décor. Quand les frères envoyaient Pépin faire des commissions auprès de leurs paroissiens dispersés dans les marais, ou à la pêche, ou encore collecter des plantes pour la pharmacie de frère Gilbert – Précieuse avait un flair infaillible pour tout ce qui était végétal –, la petite gargouille aimait s'asseoir à l'avant de la barque du monastère, comme une minuscule figure de proue. Sur l'eau, les deux camarades se sentaient libres d'être ensemble, en sécurité, loin des yeux indiscrets. Mais ce n'était pas non plus le lieu de toutes les fantaisies…

– Je ne ferais pas ça, si j'étais toi, dit Pépin en désignant la queue de Précieuse qui traînait dans l'eau.

– Et pourquoi ? répondit-elle. J'ai envie. C'est agréable.

– Pas dans cet étang. C'est l'étang de Patrick Jérôme et il n'aime pas les intrus.

Précieuse eut l'air surpris.

– Je ne savais pas qu'un pêcheur pouvait s'approprier un étang !

Pépin secoua la tête de droite à gauche.

– Patrick Jérôme n'est pas un pêcheur. Regarde.

Il rompit un morceau du pain qu'il gardait pour son déjeuner et le jeta dans l'eau.

Pendant quelques brefs instants, il ne se passa rien. Puis, soudain, le croûton fut englouti par une paire de mâchoires qui semblaient avoir la taille de la barque. Précieuse fit un bond en l'air et poussa un cri perçant. Ils eurent la vision fugitive d'une longue tête pointue et de deux yeux fous, méchants, qui semblaient appartenir à un énorme poisson. Il disparut dans les profondeurs, ne laissant pour toute trace de son passage qu'une ondulation à la surface de l'étang.

– Patrick Jérôme est un brochet, dit Pépin d'un air suffisant. Il doit peser aussi lourd que moi.

À défaut de pâlir, ce qui était difficile pour une gargouille, Précieuse ouvrit des yeux démesurés et Pépin l'entendit déglutir.

– Il capture même des oiseaux, continua-t-il. Il arrive par en dessous, leur attrape les pattes et les entraîne au fond de l'eau.

Il émit un horrible gargouillis puis sourit d'un air radieux.

Dès lors, Précieuse tint sa queue soigneusement enroulée autour de ses pieds. En fait, il fallut très longtemps avant que Pépin ne réussisse à la convaincre qu'il n'y avait aucun danger à retourner dans l'eau, que les poissons comme Patrick Jérôme étaient très territoriaux et ne chassaient pas n'importe où. Car Précieuse adorait nager, ce qui était assez surprenant, puisque généralement les sculptures de pierre ne flottaient pas.

Au début, Pépin se rongeait les sangs chaque fois qu'elle disparaissait à sa vue. Et si elle restait entortillée dans les racines d'un nénuphar ? Et si un héron la prenait pour un poisson et la transperçait de son bec ? Et si les brochets n'étaient pas si territoriaux qu'il le pensait ? Et si quelqu'un la voyait ? Mais il n'avait pas de raisons de s'inquiéter. Sous l'eau, Précieuse était dans son élément, aussi agile qu'une anguille.

Il lui avait demandé :

– Comment est-il possible que tu saches nager et voler ? Tu es une gargouille : tu es en pierre !

Elle l'avait regardé droit dans les yeux.

– Je suis une gargouille… dragon ! Je nage, je vole, c'est normal !

Ils en étaient restés là. Mais pour être honnête, Précieuse ne pouvait pas voler très loin et avait tendance à s'essouffler rapidement.

Bien qu'ils n'aient jamais eu de franches discussions à ce sujet, ils savaient tous deux que son existence devait être gardée secrète. Pépin n'arrivait pas trop à imaginer ce qui se passerait si quelqu'un découvrait qu'un bout de l'église de Wickit avait le don de la parole et habitait dans son capuchon ; mais il sentait d'instinct que cela ne serait pas très bon. Les châtiments pour actes de sorcellerie ou commerce avec de supposés démons étaient trop horribles pour qu'il ose même y penser. Il s'en fallait parfois de peu, mais Pépin avait toujours le réflexe de dire : « Ça ? Je crois que c'était une chouette. » Ou : « Je n'ai rien vu. De quoi s'agissait-il, exactement ? » Ce à quoi il était peu probable que quelqu'un réponde : « Il me semble avoir vu voler une gargouille. »

Chapitre 5

L'arrivée de l'hiver

Tandis que l'année s'enfonçait dans l'hiver, Pépin grandit un peu plus et continua avec persévérance à agacer frère Benoît. Précieuse faisait toujours référence au prieur en l'appelant « le méchant frère » – elle n'était pas très douée pour mémoriser les noms, mais savait en revanche parfaitement qui était favorable à Pépin et qui ne l'était pas. Un de ses moments de gloire fut de réussir à décrocher une congère de neige du toit de l'église pour la faire tomber sur la tête nue du moine qui passait à larges enjambées. Elle en avait gloussé pendant des jours.

L'abbé Michel avait inquiété tout le monde avec un mauvais rhume qui menaçait de dégénérer. Mais frère Gilbert l'avait soigné avec des cataplasmes de moutarde, des tisanes de pulmonaire, de thym et de réglisse ; dans sa cuisine, frère Bernard lui avait préparé des possets, des bouillons et de la jonquette. Pépin avait entretenu jour et nuit un grand feu dans sa chambre, tandis que les moines priaient sans discontinuer. L'abbé avait fini par se remettre.

Frère Paul continuait de maintenir les divers bâtiments à l'épreuve des intempéries. Pépin apprenait le latin, le chant, et goûtait chacune des minutes passées avec Précieuse.

La vie à Wickit suivait son cours immuable, insensible aux bouleversements du monde extérieur ; du pâté d'anguilles était servi au menu avec une régularité sans faille.

Pendant ce temps, dans le vaste univers qui s'étendait au-delà des Fens, Londres se préparait à fêter Noël.

À vol d'oiseau, il n'y avait guère qu'un jour de voyage entre les marais et la grande ville. À pas d'homme, le trajet apparaissait beaucoup plus pénible, long, tortueux et dangereux. Les routes étaient épouvantables, la progression difficile quelle que soit la période de l'année ; et bien sûr, en hiver, les conditions empiraient. À cela s'ajoutaient d'autres menaces : des déshérités vivaient dans les forêts, des hors-la-loi qui n'avaient plus rien à perdre. Les voyageurs représentaient des proies faciles et, lorsqu'ils n'étaient pas repérés par les bandits, il y avait toujours quelques hordes de loups qui gardaient l'œil ouvert. Il était également courant de se perdre et de mourir de froid sans l'intervention de quiconque.

On ne pouvait pas dire non plus que la ville soit très sûre. Des coupeurs de bourses aux coupeurs de gorges, Londres foisonnait de prédateurs humains. L'absence d'hygiène publique favorisait la prolifération des maladies. Aux coins des rues et dans les passages, les pauvres mouraient quotidiennement, dans l'indifférence générale, de dysenterie et de fièvre aiguë. On faisait plus de cas de la santé des riches, mais le résultat était souvent le même. La vie était une chose fragile, aussi aisément étouffée que la flamme d'une bougie.

Et quelle existence menait le roi ? Constamment entouré de soldats, il disposait d'une armée entière pour le défendre des ennemis venus d'autres contrées. Bien sûr, personne ne pouvait le préserver de la maladie, mais il se trouvait au moins toujours au chaud, bien nourri, et n'avait pas à partager son lit avec trois personnes infestées de puces. D'autres menaces pesaient cependant sur sa tête qui n'avaient rien à voir ni avec la guerre, ni avec la peste noire.

Arnold n'avait pas tout à fait quatorze ans quand son père avait brutalement disparu. Il n'avait jamais connu sa mère, morte au moment de sa naissance. Un certain nombre de gens avaient manifesté beau-

coup d'empressement à remplacer ses parents, mais leurs motivations avaient peu à voir avec la compassion. Là où se trouvait le roi se trouvait le pouvoir, et plus on s'approchait du jeune orphelin, plus grand était le bénéfice.

Son couronnement avait été organisé précipitamment, dans la foulée des funérailles du vieux souverain, mais n'avait pas mis fin aux intrigues. Dans les couloirs de la grande maison royale, les nobles de la cour échangeaient des murmures complices. Et ils ne débattaient pas simplement des façons les plus judicieuses de conseiller leur nouveau monarque…

Il était curieux de constater que les gens croyaient avec une sincérité absolue que le roi tenait son autorité de Dieu lui-même, mais considéraient comme normal de s'en débarrasser s'il les gênait. Tout le monde criait : « Longue vie au roi d'Angleterre ! », mais de lourds nuages semblaient flotter sur la destinée d'Arnold. Trop de personnes partageaient l'opinion que son cousin Frédéric ferait un dirigeant beaucoup plus influençable ; ou même son oncle, actuellement en exil en France. Et certaines brûlaient de passer des paroles aux actes…

Par un froid après-midi, deux seigneurs se croisèrent dans un des corridors de la vaste demeure et échangèrent un regard soupçonneux.

– Sire Robert ?

– Sire Gilles ?

– Je me rends auprès du roi.

– Moi aussi.

– Après vous.

– Non, je vous en prie.

– Ah, eh bien, allons-y ensemble.

Les deux gentilshommes poursuivirent leur chemin côte à côte. Côte à côte ? Ils songeaient chacun qu'il ne serait jamais question pour eux d'agir main dans la main.

Un peu plus tard le même jour, dans une encoignure de la grande cathédrale, une autre rencontre se produisit entre un des nobles et un religieux de haut rang. Mais, malgré le lieu sacré, la conversation ne porta pas sur des questions spirituelles.

– L'évêque de Londres n'est qu'un lèche-bottes, Votre Grâce, murmura le seigneur. Mais le roi est un enfant et se laisse facilement éblouir par ses mises en scène et sa flatterie.

– Et que voulez-vous que j'y fasse ? le coupa l'homme d'Église. L'évêque a maintenant l'attention du roi, après tous ces festins, ces pantomimes, cette musique…

– L'évêque s'est approprié Noël, Votre Grâce, c'est certain. Mais les enfants ont la mémoire courte… Invitez le roi à Ely pour Pâques… Impressionnez-le par vos façons de recevoir… Voyez si vous pouvez le gagner à vous, après les rigueurs d'un long carême…

– Et si, même alors, je n'arrive pas à le convaincre ?

Le sourire du gentilhomme était à peine perceptible dans la faible lumière ; il faisait songer à celui d'un prédateur tapi dans l'ombre.

– Un roi qui ne se laisse pas convaincre, Votre Grâce, peut toujours être remplacé…

Complications

Chaque année, à la fin de l'hiver, deux moines de Wickit partaient en expédition à Ely pour réapprovisionner les réserves du monastère et prendre part aux offices de la grande cathédrale. Mais cette fois-ci, les complications s'enchaînaient les unes aux autres. La semaine sainte tombait tôt dans la saison et le temps restait incertain. Au début, il avait été décidé que le prieur Benoît et frère Jean feraient la traversée, conduits par un paysan des environs. Mais la mauvaise saison avait été si rude qu'aucune famille ne souhaitait se séparer d'un des siens si longtemps. Frère Benoît était déterminé à exiger leur obéissance, mais l'abbé Michel fit valoir que l'aide de la population devait être offerte sans contrainte. Puis, frère Jean glissa sur une plaque de boue verglacée et se cassa le poignet. Frère Gilbert fut désigné pour prendre sa place, ce qui résolut le problème du transport, puisqu'il était parfaitement à l'aise aux commandes d'une barque sans assistance extérieure. Cela lui permettrait aussi de faire ses propres emplettes pour l'infirmerie : il avait désespérément besoin de regarnir ses armoires à pharmacie. On l'entendit pendant des jours marmonner à propos de cannelle et de myrrhe, de millepertuis et de verveine, de grande chélidoine et de bourse-à-pasteur – mais finalement...

– Frère Gilbert m'a dit qu'il ne pensait pas que le moment soit propice pour quitter l'infirmerie, déclara l'abbé Michel. L'hiver a été long et la fièvre fait de nouveau des ravages.

Pépin sentit son estomac se nouer. C'était toujours le cas quand on mentionnait la fièvre des Fens. Lorsqu'il accompagnait frère Gilbert dans sa tournée des cabanes de pêcheurs, de coupeurs de roseaux et de tourbiers, il se surprenait à voir son père ou sa mère sur chaque visage souffrant. C'était tout de même étrange que ses parents lui manquent autant, alors qu'il n'en conservait aucun souvenir. Frère Gilbert assurait qu'il était peu probable que Pépin contracte à nouveau la fièvre des marais, puisqu'il y avait déjà survécu étant petit. « Il y a certaines choses que Dieu ne nous demande pas deux fois », disait-il.

En cet instant, le jeune garçon ne savait pas trop pourquoi il se trouvait là. On l'avait convoqué juste après le petit-déjeuner et il avait supposé qu'il était bon pour une ration de latin supplémentaire. Précieuse, qui n'appréciait véritablement que les cours de chant, l'avait abandonné pour passer un peu de temps sur le toit. Mais quand Pépin était arrivé dans la chambre de l'abbé, le prieur Benoît et frère Jean y étaient aussi.

– Donc, frère Gilbert n'ira finalement pas à Ely, poursuivit l'abbé Michel.

– Mais il n'a pas le choix ! s'exclama le prieur. Je ne peux pas y aller seul, mon père !

Il semblait profondément choqué.

– Les frères doivent toujours voyager par deux quand ils vont dans le monde, afin de se surveiller l'un l'autre, de se garder de Satan et du péché : la règle est extrêmement claire à ce sujet !

Pépin essaya d'imaginer frère Benoît – ou frère Gilbert, d'ailleurs – succomber à une quelconque tentation mais n'y parvint pas. Aucun péché ne serait jamais suffisamment attrayant pour le prieur et frère Gilbert ne verrait pas le diable à moins qu'il ne se dresse devant lui et ne lui morde le nez ; il se contenterait alors sûrement de le dévisager avant de lui demander s'il n'avait pas de problèmes d'intestin.

L'abbé Michel poussa un très léger soupir.

– Je connais la règle, mon fils. C'est pourquoi j'ai décidé que frère Jean irait avec vous, comme il était prévu au départ. Il n'a qu'un bras de blessé, après tout, ses yeux sont aussi perçants que d'habitude, conclut-il.

L'abbé s'abstint d'ajouter : « Ce qui veut tout dire… »

À la vérité, frère Jean était… unique. Difficile de lui donner un âge : les cheveux qui entouraient sa tonsure n'avaient pas de couleur bien définie, blancs peut-être, ou alors blond très pâle. Son visage lisse, sans une ride, aux grands yeux écarquillés, ressemblait à celui d'un enfant. Et surtout, il était incapable de voir le mal dans une personne ou une chose. Selon leur propre humeur, les gens trouvaient sa compagnie des plus apaisantes ou alors extrêmement irritante.

Frère Jean gratifia l'assemblée de son sourire avenant, plein d'innocence.

– Je suis du voyage à Ely ? Merci, mon père !

– Je t'en prie, répondit l'abbé Michel.

– Mais alors il nous faudra dénicher un gars des Fens pour nous aider, interrompit le prieur avec une véhémence plutôt déplacée. Je ne peux pas pousser une barque !

L'abbé Michel hocha solennellement la tête.

– C'est effectivement bien plus compliqué qu'il n'y paraît, murmura-t-il.

– Ce que je veux dire, grinça frère Benoît entre ses dents serrées, c'est que je suis prieur. Ce ne serait pas de bon ton d'arriver à Ely en train de manipuler une perche !

– Manipuler ? C'est comme ça qu'on dit ? fit frère Jean, perplexe.

– Peu importe ! s'énerva le prieur.

– Je suis sûr que, si le jeune Pépin ici présent me donnait quelques explications, je saurais m'y mettre, voyez-vous, à cette manipulation de perche, continua frère Jean avec enthousiasme. Même malgré cette blessure idiote.

Il agita son bras valide afin de les persuader de sa force et de son agilité.

– Je garde votre proposition en tête pour une prochaine occasion, dit l'abbé Michel avec gravité. Cette fois-ci, cependant, j'ai décidé que Pépin lui-même vous accompagnerait à Ely, ainsi il n'est pas besoin de prévoir d'autres arrangements pour votre transport. Je…

Pépin n'entendit pas la suite. Une vague de bonheur lui paralysa l'esprit et il resta sourd au discours de l'abbé. « Je vais à

Ely ! Je vais à Ely ! » chantonnait-il dans sa tête. La voix de frère Benoît le ramena à la réalité.

– Mais enfin, regardez-le ! s'exclamait-il. Il ne peut pas pénétrer dans la cathédrale d'Ely en loques, avec du fumier et de la boue jusqu'aux oreilles ! Il est… trop disgracieux !

Il y eut un temps d'arrêt pendant lequel on distingua nettement la respiration indignée du prieur.

Puis l'abbé Michel parla calmement, doucement, mais son ton glacial n'échappa à personne.

– Disgracieux… Je n'ose croire que vous suggériez que cet enfant n'est pas digne de la grâce de Dieu, ou que Dieu l'exclut de Sa grâce… Je suis sûr, mon fils, que tel n'est pas votre propos. Mais vous avez raison sur un point…

Pépin eut l'impression qu'un tas de fumier s'écroulait sur lui.

– Il faudra lui acheter de nouveaux vêtements. Un ensemble complet. S'il doit chanter dans un véritable chœur, il faut qu'il soit présentable.

Devant l'expression ahurie du jeune garçon, l'abbé lui intima le silence d'un léger claquement de langue et poursuivit :

– Oui, frère Benoît, vous avez parfaitement raison. Sa tunique et ses chausses sont devenues bien trop petites. Et regardez : sa cape va finir en dentelle en moins de temps qu'il n'en faut pour le dire !

– Mais, mon père, pensez à l'argent !

Le prieur Benoît faisait une dernière tentative.

– Notre monastère est trop modeste pour que nous puissions nous permettre...

– Ça fait suffisamment longtemps que je tiens les finances, mon fils, pour savoir ce que Wickit peut se permettre. Allez, vous deux, et voyez ce que frère Gilbert et les autres ont besoin que vous leur rapportiez d'Ely. Pépin, reste un moment, s'il te plaît.

Les deux moines prirent congé : le prieur

Benoît, drapé dans son courroux, et frère Jean, qui bavardait avec enthousiasme. Le silence emplit la pièce ; Pépin se tortillait sur place, tandis que l'abbé l'observait en fredonnant avec douceur.

– Tu es prêt, tu sais, finit-il par dire. Il est temps pour toi de chanter dans une véritable chorale.

Pépin fixa ses chaussures miteuses.

– Je vous suis si reconnaissant, mon père, vraiment… Aller à Ely ! Et de nouveaux vêtements ! Mais vous disiez… chanter ? Je suis sûr qu'on ne m'acceptera jamais. Vous me voyez approcher tranquillement le chantre de la cathédrale d'Ely et annoncer : « Vous n'avez jamais entendu parler de moi, mais je pense que vous devriez me laisser chanter dans votre très célèbre chœur… » ?

L'abbé Michel leva les sourcils.

– Ça serait faisable si le chantre me connaissait. Or, il se trouve que l'actuel maître de chœur de la cathédrale est frère

Marc, avec qui j'ai suivi l'enseignement du grand chantre Mathieu : tu sais, frère Mathieu, je t'ai parlé de lui, je lui dois tout ce que je sais – et tout ce que je sais, je te l'ai appris. Je pense qu'il est temps de me rappeler au bon souvenir de frère Marc…

Pépin le regarda avec horreur.

– Mon père, c'est impossible… C'est vraiment… Je ne pourrais pas juste écouter ? Ou juste…

Mais l'abbé secouait la tête de droite à gauche avec fermeté : quand son visage arborait cette expression, Pépin savait qu'il valait mieux ne pas discuter. Le vieil homme pouvait parfois sembler doux comme un agneau, mais sa volonté était de fer ; il incarnait à la fois le marteau et l'enclume.

Pépin poussa un grand soupir et s'éloigna pour faire ses préparatifs.

Chapitre 7

En route pour Ely

– … et ne paye pas plus que le prix que je t'ai indiqué pour le safran, et assure-toi que le gingembre soit bien frais…

Pépin acquiesçait consciencieusement en dissimulant un bâillement. On était au matin de la veille du vendredi saint et frère Gilbert l'avait tenu éveillé la moitié de la nuit pour lui faire ingurgiter son interminable commande d'herbes et d'épices médicinales. Le jeune garçon devait maintenant se préparer à pousser sur une perche toute la journée, dans le froid. Il était difficile de croire qu'on était déjà au printemps : les Fens frissonnaient sous une nappe de

brouillard givrant et le soleil rasant du matin ne semblait pas vouloir percer.

Pépin était partagé entre son désir de partir et la crainte de ce qui l'attendait. Il ne s'était jamais vraiment éloigné de chez lui. Il sentit Précieuse se déplacer légèrement à l'intérieur de sa tunique et vit frère Jean arriver en trottinant avec un large sourire : il se souvint alors qu'il emmenait un peu de son foyer avec lui.

Sans oublier frère Benoît…

– Nous n'avons plus de temps à perdre. Frère Jean, montez dans la barque, lança le prieur.

Il traversait à grands pas le brouillard qui s'écartait en volutes sur son passage. Il atteignit la berge et adressa un regard furieux à Pépin.

– Arrête de lambiner, gamin ! Remue-toi !

Pépin soupira et poussa sur le bord pour

donner une impulsion à la barque. La journée allait être longue.

Durant les premiers instants, leurs yeux ne perçurent qu'une blancheur humide, leurs oreilles n'entendirent que le clapotis de l'embarcation qui fendait l'eau et le craquement des roseaux gelés de part et d'autre. Puis quelque chose d'étonnant se produisit. Frère Jean se mit à chanter. Des années et des années passées dans les ordres lui avaient donné un sens infaillible de l'écoulement du temps et il savait parfaitement quand le prochain office allait avoir lieu. Sa voix ne portait pas beaucoup, mais elle était juste. Avec un naturel absolu, à des kilomètres de toute église, il entonna paisiblement la prière que l'on récitait d'habitude à cette heure du jour. Pépin put voir le prieur Benoît se raidir avec désapprobation, puis se joindre au moine et marmonner à voix basse. D'abord stupéfait, le jeune garçon se décida à les accompagner. Le rythme de sa perche se cala sur celui de son chant et il sentit toute fatigue l'abandonner. « Je lèverai mes yeux vers les montagnes... », clama-t-il en latin, en pensant à l'abbé Michel ; frère Jean répondit : « ... d'où me viendra le secours... ». Pépin se sentait léger et fort et il poussait sans hésitation sa barque à travers la brume tourbillonnante, comme s'il traversait un lac dégagé, en plein soleil.

Il s'en sortait très bien. Jusqu'au tout dernier vers, le bateau sembla voler sur l'eau sans encombre. Mais lorsqu'il conclut sur « ... l'Éternel gardera ton départ et ton arrivée, dès maintenant et à jamais ! », la barque s'échoua dans un massif de roseaux...

Il réussit à rester debout, suspendu à sa perche, mais frère Benoît et frère Jean s'écrasèrent en un tas informe au fond de l'embarcation.

– Par tous les saints ! s'exclama Pépin. Frère Jean, votre bras ! Je suis vraiment désolé...

Il se mit à genoux et, rongé par l'inquiétude, rampa dans la direction des deux hommes.

– Est-ce que vous êtes blessé ?

– Pas du tout, mon garçon, haleta frère Jean. Un peu secoué... On ne s'y attend pas, hein ? Mais toujours en un seul morceau...

Les deux moines semblaient avoir le souffle coupé mais ne paraissaient pas avoir souffert des dommages. À moins d'inclure une certaine atteinte à leur dignité... Malgré son inquiétude pour frère Jean, Pépin n'avait pu s'empêcher de remarquer que le prieur offrait une vision particulièrement comique avec ses jambes blanches et maigres qui battaient l'air.

Frère Benoît ne tarda pas à retrouver sa voix et, bien sûr, tout le temps où Pépin manœuvra pour sortir le bateau des roseaux et même bien après qu'ils eurent repris leur route, ne cessa de le réprimander, de lui faire la leçon et d'afficher un air renfrogné.

La majeure partie du brouillard se dissipa un peu plus tard et ils firent halte dans la cabane d'un tourbier. La femme les traita comme des invités de marque et leur proposa ce qu'elle avait de mieux dans son garde-manger. Elle parut ravie quand frère Jean sympathisa avec les enfants timides qui s'accrochaient à ses jupes et la remercia avec insistance pour son hospitalité. Frère Benoît ne dit rien et reçut ce qu'on lui offrait comme si cela lui était dû.

Le court après-midi d'hiver avança rapidement et, bientôt, entre deux coups de perche, la cathédrale d'Ely apparut. Elle s'élevait au-dessus des roseaux comme un mirage gelé. Pépin resta bouche bée et ne sentit pas l'eau froide des marais qui dégoulinait dans ses manches.

Il était facile de comprendre pourquoi l'édifice était surnommé le « Vaisseau des Fens ». Il semblait voguer sur la ville, baigné des dernières lueurs du jour. Comme toutes les îles des marais, Ely ne s'élevait pas beaucoup au-dessus du niveau de l'eau, mais les bâtisseurs de la cathédrale avaient choisi son point le plus haut pour entreprendre leur œuvre. L'« île aux Anguilles » n'était pas seulement un endroit spectaculaire pour construire un lieu saint. Elle jouait aussi, depuis des centaines d'années, le rôle d'une forteresse : tenir Ely, c'était se rendre maître d'une excellente position stratégique. Nul besoin de falaises, de fossés, de pont-levis ou de barricades hérissées de pointes pour sa défense ; les Fens eux-mêmes suffisaient. Quiconque avait déjà tenté de déplacer des troupes à travers leurs eaux marécageuses pouvait en témoigner. En outre, les roseaux avaient été coupés tout autour, à partir des contreforts des terres émergées, sur une distance équivalante à la portée d'une flèche tirée par un bon archer – et même un peu plus, pour faire bonne mesure. Cette large ceinture découverte rendait toute intrusion impossible en plein jour ; et traverser les Fens de nuit était pure folie.

Lorsque la barque des moines déboucha des roseaux sur le plan d'eau dégagé, un léger vent froid rida la surface. La journée s'achevait ; les derniers rayons de lumière obliques s'accrochaient aux petites vagues et les faisaient scintiller. Des cloches se mirent alors à sonner et, étrangement, ce fut cette musique plus que toute autre vision qui convainquit Pépin qu'il pénétrait dans un nouveau monde. La cloche à main de Wickit appelait les moines à la prière, aux repas, leur indiquait l'heure du lever et du coucher, d'une petite voix qui semblait toujours sortir d'un brouillard persistant. Les cloches d'Ely remplissaient les mêmes fonctions, mais avec une puissance que les plus tonitruants chœurs du paradis n'auraient pas désavouée.

Pépin déglutit, se signa, et poussa sur sa perche en direction de l'embarcadère.

– Ralentis, aboya frère Benoît. On ne va pas arriver en plein milieu des vêpres !

Il avait tort de s'inquiéter : le temps que Pépin ait amarré la barque le long de la jetée parmi les autres bateaux, que leur petit groupe ait franchi la berge boueuse, les hautes portes qui perçaient les remparts de la ville et les ruelles étroites et bruyantes, l'office était terminé. Dans la lumière mourante, Pépin avait peine à comprendre où il se trouvait : les bâtiments se dessinaient de manière imprécise et l'énorme masse de la cathédrale semblait boucher le ciel. Les moines chargés de l'accueil des visiteurs étaient alertes et efficaces. Les trois voyageurs furent conduits au réfectoire où on leur servit un repas, mais Pépin n'arriva pas à déterminer de quoi il s'agissait. Ils gagnèrent ensuite l'Hostellerie Noire, où les moines de passage étaient hébergés ; on indiqua à Pépin la Salle des pèlerins où il pourrait passer la nuit.

– Rejoins-nous dans le cloître après le petit-déjeuner. Nous irons traiter nos affaires en ville.

Le prieur Benoît jeta ses ordres à Pépin d'un ton hautain, mais frère Jean lui sourit et agita la main en s'éloignant. La Salle des pèlerins était gigantesque ; une rangée de lits bordait chacun des murs.

– Tu vas dormir ici, mon garçon, dit le moine qui l'avait accompagné. Demain matin, contente-toi de suivre les autres : tu vas très vite te repérer, tu verras !

– On veillera sur lui, frère !

De l'autre côté de l'allée centrale, les lits étaient occupés par un groupe de marchands ; l'un deux, dont le gros rire bruyant rappelait un peu à Pépin celui de frère Bernard, lui fit un clin d'œil encourageant.

Le jeune garçon ne savait pas trop s'il réussirait à dormir au milieu de ces étrangers qui circulaient en tous sens, parlaient, riaient et se préparaient pour la nuit. Mais dès qu'il s'enroula dans la couverture et que Précieuse blottit sa petite tête dure contre son menton, ses yeux se fermèrent irrésistiblement et le sommeil chassa l'atmosphère inhabituelle qui l'entourait. Il ne bougea pas d'un millimètre jusqu'au matin.

Chapitre 8

Gingembre et cannelle

– Me voici, frères !

Il était encore très tôt quand Pépin arriva en courant auprès de ses compagnons de voyage qui l'attendaient dans le cloître. Il ne s'était même pas perdu – enfin, sauf lorsqu'il était sorti du réfectoire par la mauvaise porte et avait fini quelque part dans l'arrière-cuisine…

Frère Jean l'accueillit d'un : « Tu as bien dormi ? » Mais le prieur Benoît lui jeta un regard maussade et tourna les talons en direction de la ville. Pépin se sentait trop surexcité pour y prêter attention ; Précieuse s'était faufilée sous sa tunique et pointait le nez sous son oreille droite de manière à pouvoir jeter un œil discret à ce nouveau monde fascinant. Ses petites exclamations étouffées, ses « Ooooh ! » et ses « Regarde un peu ça ! » faisaient écho au flot de sensations qui bouillonnait dans la tête du jeune garçon.

Le marché débordait d'animation depuis l'aube. Des échoppes étaient installées le long de tous les murs qui s'y prêtaient et chaque marchand essayait de couvrir la voix de son voisin : « Voyez mes belles chaussures ! », « Ici, le meilleur poisson frais ! », « Mes brioches ! Mes bonnes brioches ! Pains et brioches ! » Les chalands circulaient en contournant avec précaution les monceaux d'ordures et les résidus de pots de chambre jetés par les riverains depuis leurs fenêtres ; mais comme on avait procédé à un grand nettoyage pour la venue du roi, la couche d'immondices était moins épaisse que d'habitude. Des cochons errants farfouillaient dans les saletés à la recherche de leur petit-déjeuner et s'acharnaient à faire trébucher les humains inattentifs.

– Des vêtements pour le petit ? dit gaiement frère Jean en désignant un étal.

Mais le prieur avait d'autres projets.

– Nous allons d'abord nous procurer les biens de première nécessité pour le monastère, déclara-t-il.

Pépin devina ce qu'il avait en tête. « Il espère qu'il ne restera plus assez de sous pour mes nouvelles affaires, se dit-il. Il espère que toutes les autres choses seront tellement chères que l'argent sera épuisé. »

Orge, bière, peaux, viande, gâteaux... Même à la fin d'un dur hiver, les marchandises à vendre ne manquaient pas. Les moines firent porter leurs plus volumineuses emplettes à l'Hostellerie Noire. Les ingrédients des préparations médicinales de frère Gilbert étaient cependant trop précieux pour suivre le même chemin. Le panier de Pépin ne tarda pas à se remplir ;

il gardait un œil anxieux sur la monnaie restant dans la bourse de frère Benoît. Certaines des substances commandées par l'infirmier étaient très exotiques et les vendeurs qui possédaient ce genre d'articles ne couraient pas les rues. On finit par les envoyer dans une venelle située à l'écart, un peu plus calme que les autres. Là, les étals étaient imposants et paraissaient installés durablement.

– Regardez ! fit Pépin.

Il désigna du doigt un comptoir où s'empilaient des boîtes en bois et de petits sacs qui exhalaient un mélange de senteurs entêtantes, perceptibles malgré la puanteur des lieux. Il entendit Précieuse humer les parfums et ronronner de plaisir.

Le prieur hocha brièvement la tête et se dirigea vers l'échoppe d'un pas décidé ; ce fut alors qu'ils s'aperçurent que frère Jean ne se trouvait plus parmi eux. La bouche de Pépin s'arrondit de stupéfaction.

– Où est-il ? demanda frère Benoît.

Il dévisagea le jeune garçon d'un air accusateur, comme si c'était forcément sa faute quand un moine manquait.

– Va le chercher ! Et puis non, il vaut mieux que je m'en charge... Commence à t'occuper de la liste de frère Gilbert pour l'infirmerie et, moi, je vais trouver frère Jean !

Il poussa Pépin vers le comptoir et repartit en sens inverse, à grands pas furieux. Pépin le suivit des yeux puis s'approcha de l'étal. Avec bonheur, il inspira à pleins poumons le pot-pourri d'effluves. Il s'adressa au propriétaire :

– Pardon, messire, avez-vous des marchandises d'Arabie ou de l'Orient lointain ?

L'homme jaugea un instant le garçon : son regard scrutateur alla de ses guenilles à son panier plein d'achats. Il bomba le torse, se balança légèrement sur ses talons et finit par dire :

– Oui, je vends des marchandises étrangères. Mais en quoi cela peut intéresser une petite tête d'anguille comme toi, j'aimerais bien le savoir.

Le marchand parlait d'une voix puissante. Au début, Pépin ne comprit pas pourquoi il haussait autant le ton, puis il remarqua que des badauds ralentissaient et s'arrêtaient. Saisir au col un client de passage était passible d'amende, mais rien n'interdisait d'attirer son attention… Pépin semblait condamné à faire partie du spectacle.

« Fais comme si de rien n'était, se dit-il. Et ne rougis pas ! »

Mais les choses s'annonçaient difficiles : le sang affluait déjà au cou du jeune garçon.

– Parle plus fort ! meugla le vendeur. À moins que ton infirmier ne veuille m'acheter quelque chose d'inavouable… C'est un philtre d'amour que tu cherches ?

Les spectateurs, de plus en plus nombreux, souriaient de toutes leurs dents.

Le visage en feu, Pépin essaya encore.

– Notre infirmier, dit-il en élevant la voix, a besoin d'un sou de safran, d'un sac d'écorces de cannelle pour une demi-pièce d'argent et autant de votre meilleur gingembre.

Le bonimenteur fit un clin d'œil appuyé à la foule.

– Et je suppose que tu vas me raconter que c'est pour guérir la peste ! commenta-t-il, l'air égrillard. Même si nous savons tous à quoi le gingembre peut bien servir... !

Pépin serra les dents et poursuivit :

– Et une pièce d'argent de belladone.

– Alors, comme ça, ton infirmier a l'intention de tuer beaucoup de personnes, hein ? interrompit l'homme de nouveau. Il faut un grand savoir pour utiliser le bouton noir pour autre chose.

– Bouton noir ? Non, j'ai demandé...

– De la belladone, oui, puisque le latin a votre préférence, mon seigneur.

Le marchand s'inclina en une profonde révérence.

– Je serais honoré de céder à Votre Seigneurie mon tout dernier sachet... Vous seriez surpris de voir la forte demande que nous avons eue dernièrement. Et paierez-vous tout cela avec de l'« argentum » ou des « anguillus » ?

– De l'argent, fit une voix.

Pépin n'aurait jamais cru pouvoir un jour être heureux d'entendre frère Benoît : il se sentit submergé de reconnaissance. Le moine se tenait derrière lui, grand, émacié, réprobateur, plus prieur que nature.

Le marchand se ratatina.

– Bien sûr, frère. Merci, frère. Je vais vous emballer tout ça…

Pépin lui passa le panier, et l'homme y rangea les drogues avec un soin maniaque, enveloppant consciencieusement chaque paquet de grosses poignées de paille. Frère Jean, enfin réapparu, se tenait sur le côté, l'air sombre.

Le prix fut annoncé. C'était à peu près tout ce qui leur restait ; frère Benoît commença d'acquiescer, mais Pépin prit la parole :

– Mais qu'est-ce qui vous fait croire que

notre bon prieur ne connaît pas la valeur des choses ? dit-il d'une voix forte.

Ils étaient deux à savoir jouer à ce jeu !

Le marchand lui jeta un regard venimeux, mais céda.

– Oui, oui, je ne faisais que calculer le prix de revient pour moi…, lança-t-il avec hargne. Mais pour les bienfaits et la gloire de l'Église, je ne demanderai que…

Et il nomma un prix presque équivalant à l'estimation faite par frère Gilbert ; un prix qui laissait amplement de quoi acheter de nouveaux vêtements à Pépin.

L'air modeste, le jeune garçon se rapprocha de frère Jean qui le gratifia d'un sourire angélique.

– Où étiez-vous ? murmura Pépin.

Le moine rougit.

– Je regardais un jongleur, chuchota-t-il. Je ne m'étais même pas rendu compte que je m'étais perdu jusqu'à ce que frère Benoît me retrouve ! C'était vraiment très aimable de sa part.

Pépin leva les yeux vers le « très aimable » prieur et réprima un sourire. Il était difficile de dire qui, du marchand ou du moine, avait l'expression la plus amère lorsque l'argent changea de main.

– Et maintenant, chantonna frère Jean, chez le tailleur !

Le vendredi saint avait beau être le jour où les églises se défaisaient de tous leurs ornements, pour Pépin, ce fut celui où il devint l'heureux propriétaire de ses plus beaux atours. En tout cas, ils lui parurent comme tels, bien qu'ils soient en fait très ordinaires. Mais c'était des vêtements neufs ! Pépin n'avait jamais rien eu qui n'ait appartenu à quelqu'un d'autre, qui n'ait été retaillé ou bricolé à partir de vieilles affaires.

Il serrait d'un bras, contre sa poitrine, les chausses, la chemise, la tunique, le capuchon et les chaussures qu'il avait enveloppés dans son nouveau manteau ; il transportait de l'autre le lourd panier empli des commissions pour Wickit. Inquiet à l'idée de glisser ou de trébucher, il observait le sol avec une grande attention, lorsque le prieur Benoît le retint brutalement et l'arracha à sa concentration.

– Imbécile ! siffla le moine avant de s'incliner.

Pépin, surpris, leva les yeux et se retrouva face à tout un rassemblement de dignitaires religieux et de nobles de la cour qui entouraient le roi d'Angleterre. Il mit vivement un genou à terre pour faire sa révérence, tandis que le cortège s'étirait devant lui, en route vers les luxueux appartements de l'évêque. Son esprit était en feu à l'idée de ce qu'il venait de voir.

Bien que le roi Arnold n'ait que quelques années de plus que lui, il paraissait beaucoup plus grand et fort. Il portait du drap de laine finement tissé aux coloris éclatants, de la fourrure et un chapeau de velours. Pépin arrivait à peine à y croire : il s'était retrouvé à deux mètres du roi d'Angleterre ! Le roi d'Angleterre, l'élu de Dieu, le suprême…

– Il ne paye pas de mine, hein ? murmura Précieuse.

Pépin eut l'impression qu'elle avait hurlé.

– Boutonneux. Le menton sans caractère. Il doit être du genre boudeur. Et ceux qui lui ont dit que ces couleurs lui allaient bien ne sont pas des amis !

Pépin cessa de respirer. Il savait vaguement en quoi consistaient les châtiments pour trahison. Il n'avait pas envie d'en découvrir tous les détails en se retrouvant aux premières loges.

Mais la chance était avec eux. Personne ne sembla entendre la petite voix insolente qui manquait de respect au roi consacré de toute l'Angleterre, et Pépin, les genoux flageolants, put se traîner jusqu'au réfectoire sans être arrêté, ni enchaîné et emmené de force.

Chapitre 9

Face au chœur

Le repas de la mi-journée venait de s'achever. Le prieur Benoît et frère Jean se promenaient dans le cloître, Pépin déambulait derrière eux dans ses nouveaux vêtements. Il ne pensait à rien en particulier – mis à part au morceau d'arête de poisson coincé entre ses dents – quand, soudain, l'un des moines d'Ely se précipita vers lui.

– Enfin te voilà ! clama l'homme gaiement.

De surprise, Pépin se mordit la langue.

– J'ai parlé avec frère Simon un peu plus tôt, Pépin, expliqua frère Jean. À propos de toi et du chœur, tu sais.

– C'est exact ! Et je tombe sur toi juste à temps, renchérit frère Simon. Le chantre va emmener les garçons à la répétition dans environ… oh, maintenant !

Pépin se mit à bégayer.

– Oh… Euh…

Mais le moine se contenta de lui adresser un sourire rayonnant, le saisit fermement par la manche et l'entraîna à vive allure.

– Les garçons se rassemblent devant l'école, se mettent en rang puis se rendent à la cathédrale en procession… avec l'air le plus angélique possible, bien sûr ! Mais on sait à quoi s'en tenir, n'est-ce pas !

Le moine rit de bon cœur à sa propre plaisanterie.

– Ah, ils sont là !

Tout un groupe de choristes se retourna au son de cette voix et les dévisagea. Pépin aurait bien tourné les talons et pris la fuite, mais frère Simon le tenait toujours solidement par la manche.

– Ne sois pas timide, tonna-t-il.

Puis, élevant encore plus la voix :

– Je vous apporte une brebis égarée, frère Marc. Il traînait dans le cloître avec deux moines de Wickit.

Le chantre était si petit que la masse des garçons le dissimulait complètement ; il les poussa pour se frayer un passage.

– Wickit ? répéta-t-il en plissant le front. Mais c'est là que… Est-ce que c'est frère Michel qui t'envoie ? Je veux dire l'abbé Michel, bien sûr.

Pépin sentit qu'il devenait écarlate.

– Oui, frère, marmonna-t-il.

Il y eut des murmures parmi les choristes qu'il ne comprit pas.

– Formidable ! s'exclama le chantre d'une voix chantante. Si l'abbé Michel t'envoie, tu dois être vraiment doué, non ?

Pépin était consterné.

– Oh non, frère. L'abbé Michel n'a jamais affirmé ça.

– Alors, qu'est-ce qu'il a dit ? A-t-il dit, hum… « Tu feras l'affaire » ?

Cela ressemblait à un test. Tous les garçons le regardaient ; pas un ne cilla. Pépin ne savait pas quoi répondre. Il hocha la tête avec réticence.

– Oui, frère. C'est ça.

L'attention des choristes devint encore plus palpable – en admettant que cela soit possible. Un des garçons en particulier, gros, la peau vilaine, le scrutait de ses yeux de fouine avec une haine incompréhensible.

« Qu'est-ce que j'ai fait ? » se demanda Pépin, pris de panique.

Le chantre s'adressait maintenant à tous, un doigt pointé vers lui.

– Qui vous ai-je dit être le plus grand chantre que cette cathédrale ait jamais connu ?

– FRÈRE MATHIEU, chantèrent les garçons d'une seule voix.

– Et quel était le plus grand compliment que pouvait faire frère Mathieu ?

– TU FERAS L'AFFAIRE, poursuivit le chœur.

« Arrêtez ! pensa Pépin. Je n'ai pas mérité ça ! »

Mais frère Marc ne semblait avoir aucune idée de l'abîme dans lequel il enfonçait le jeune visiteur. Il continua :

– Le meilleur élève de frère Mathieu nous envoie son élève : eh bien, je dirais que de grandes choses se préparent !

Le petit homme adressa un large sourire à Pépin, sans aucune conscience de l'effet de ses paroles sur le nouvel arrivant, ni sur le groupe des choristes résidents qui étaient maintenant prêts à trancher la gorge de l'étranger à la première occasion.

Avant que le chantre ait pu ajouter quoi que ce soit qui aggrave encore les choses, un novice arriva précipitamment, l'entraîna à l'écart et lui murmura un message à l'oreille.

Le chantre eut l'air légèrement ennuyé.

– Bien, conclut-il, je vais m'en occuper.

Il poursuivit à voix forte :

– Avancez sans moi, mes garçons. Vous

m'attendrez sous le porche. J'en ai pour un instant.

Le chœur se remit en rang par deux et s'ébranla d'un pas tranquille, ignorant Pépin qui traînait derrière. Alors qu'il traversait l'espace à découvert jouxtant la cathédrale où il s'apprêtait à chanter, il se dit qu'il aurait dû se sentir grandi, inspiré. Mais rien de cela. Il se trouvait minable. Tout ici était trop immense pour lui. Il fixa le sommet de cette église monumentale et se demanda comment une construction pouvait s'élever si haut dans le ciel sans s'écrouler sous le poids de son propre orgueil. Certaines parties du bâtiment étaient d'ailleurs déjà tombées. La façade de la cathédrale ne paraissait plus symétrique, maintenant que l'énorme tour de gauche s'était effondrée. Et l'Octogone, cette structure révolutionnaire à huit côtés – deux cent tonnes de madriers, de verre et de plomb –, remplaçait une tour bien plus ancienne qui n'avait pas tenu. Pépin ne parvenait pas à imaginer l'effet qu'avait dû produire cette masse de pierre en s'écroulant. Y avait-il eu des signes avant-coureurs ? Une fissure dans le mur ? Un craquement sinistre ? Ou était-ce arrivé d'un seul coup ? Ou...

Les yeux toujours écarquillés en direction du ciel, Pépin buta dans le dos du garçon qui le précédait. La procession s'était arrêtée avec respect pour céder le passage à un groupe de moines.

– Fais attention, nigaud, lança le jeune choriste d'un ton hargneux, sans même tourner la tête.

– Pardon, marmonna Pépin.

Il ne reçut aucune réponse.

Il réussit à atteindre le grand porche principal de la cathédrale sans plus créer d'incidents, mais le rang bien ordonné des garçons se rompit alors pour former ce qui ressemblait horriblement à un rassemblement de voyous. La bande s'écarta pour laisser passer son chef.

– Je suis Alphonse, sale moustique des Fens. C'est moi le soliste ici.

Devant Pépin se tenait le gros gars boutonneux qui l'avait dévisagé avec tant d'animosité quelques instants plus tôt.

– Tu te crois meilleur que les autres, hein ?

Pépin fit non de la tête et recula. Son agresseur était beaucoup plus corpulent que lui et donnait l'impression qu'il pouvait facilement lui faire très mal. Précieuse devait avoir senti sa peur, car elle s'agitait sans répit à l'intérieur de sa tunique. Malheureusement, ses mouvements ne passèrent pas inaperçus.

– Il a un animal ! couina un des garçons. Dans sa chemise ! Je l'ai vu bouger !

– Nan, c'est juste ses puces qui essayent de s'échapper, elles ne supportent plus l'odeur ! ricana Alphonse. Tout le monde sait que les gars des Fens puent. Ce n'est pourtant pas leur faute : ils sont obligés de garder leurs porcs dans leurs lits de peur qu'ils ne tombent à l'eau et ne se noient !

Il fit une très mauvaise imitation d'un cochon à l'agonie : il agita ses mains en l'air comme de courtes pattes et poussa une série de grognements. Les autres garçons rirent avec docilité.

– Eh bien, vous voilà tous heureux ! Formidable. Venez, maintenant.

Le chantre était réapparu juste à temps. Il ouvrit une petite porte dans le grand portail de gauche et s'engouffra à l'intérieur. Alphonse le suivit, non sans avoir jeté à Pépin un regard mauvais par-dessus son épaule. Le reste du chœur le rejoignit à la queue leu leu et laissa le nouveau venu seul, debout sous le porche. Mais à la dernière minute, un des plus jeunes revint en courant et lui chuchota :

– Ne fais pas attention à Alphonse. Tu as un animal familier ? Est-ce que tu connais vraiment l'abbé Michel ? On n'a pas le droit d'avoir des animaux. Est-ce que je pourrais le voir ? Plus tard, peut-être ? Il vaut mieux que tu le caches, pour l'instant, en tout cas ;

ça ne se fait pas d'amener une bête dans une église, n'est-ce pas ?

Il détala avec nervosité pour rattraper les autres.

Pépin regarda désespérément autour de lui à la recherche d'un endroit où cacher Précieuse. Il imaginait très bien cet Alphonse le dénoncer au chantre. Quant à savoir si cela se faisait d'amener une gargouille dans une église... Quoi de plus naturel, en somme ?

Cela lui donna une idée.

– Dépêche-toi, Précieuse, murmura-t-il d'une voix pressante. Dépêche-toi pendant que personne ne regarde.

Précieuse se laissa couler le long de sa manche et s'assit sur sa main en laissant pendre sa queue.

– J'avais peur, avoua-t-elle d'un air affligé.

– Ne t'inquiète pas, la consola Pépin. Mais il faut que nous te trouvions une cachette, maintenant... Regarde, tu vois cet endroit là-haut, là où le mur rejoint le toit ?

Dans le coin ? On dirait qu'il a été prévu pour une gargouille. Une petite gargouille...

Précieuse tourna la tête sans bouger le cou puis la ramena face à Pépin à qui elle adressa un grand sourire.

– Une précieuse idée ! fit-elle avant de décoller... juste au moment où un autre des garçons surgit.

– C'était quoi ? Une chauve-souris ? demanda-t-il.

Il parut oublier aussitôt sa question.

– Dépêche-toi, le chantre te veut au premier rang.

Pépin soupira douloureusement et le suivit à l'intérieur.

Chapitre 10

Le rêve de Précieuse

Il faisait froid sous le grand porche, mais Précieuse s'en moquait. Elle était ravie de pouvoir enfin s'étirer et dérouler sa queue, après être restée longtemps recroquevillée dans la tunique de Pépin. Il existait un certain nombre de positions usuelles chez les gargouilles ; elle adopta immédiatement la plus déployée, s'agrippa solidement avec ses griffes, soupira de contentement et s'endormit.

Le temps passa. Pendant un moment, le son produit par le chœur filtra faiblement à travers les portes épaisses. Puis le calme s'installa. Le vent força un peu et siffla en balayant les pierres. Précieuse se mit à rêver, à rêver qu'elle entendait des voix furtives, pressantes. « Allez-vous-en, pensa-t-elle avec colère. Je dors ! » Mais les murmures ne cessèrent pas. Elle ressentit soudain un besoin irrésistible d'éternuer : de la fumée chatouillait ses narines. Titillée par une forte envie de se frotter le museau, elle commença, malgré elle, à desserrer ses griffes. « Et pourquoi ne me gratterais-je pas le nez, d'abord ? » pensa-t-elle confusément. Elle ouvrit les yeux.

Presque à la verticale de sa position, une torche flambait, tenue à bout de bras par un homme : les émanations nauséabondes faillirent la faire tousser. Il y avait deux personnages : l'un portait un chapeau mou orné d'une plume, et l'autre semblait être un religieux d'un rang quelconque. Elle ne reconnut aucun d'entre eux, mais ce n'était pas surprenant. Pour Précieuse, les humains se ressemblaient tous, sauf Pépin, bien entendu.

L'homme du clergé parlait assez fort pour que la gargouille distingue ses paroles.

– J'ai fait tout ce qu'on peut imaginer pour gagner l'estime du morveux, se plaignait-il. J'ai choisi les plus propres, les moins repoussants des mendiants que j'ai pu dénicher pour la cérémonie du lavement des pieds. Mon chœur est le meilleur d'Angleterre : j'ai fait en sorte qu'il le sache puisque vous me dites qu'il s'intéresse à la musique... Je lui ai fait servir les meilleurs mets qu'on puisse se procurer en période de carême : les oies bernacles les plus goûteuses, les viandes de castor les plus délicates, ma réserve spéciale de vins... Vous savez que je n'ai déjà pas d'inclination particulière pour les enfants, mais j'ai trouvé la fréquentation de celui-ci déplaisante à l'extrême !

– Votre Grâce, vous êtes un saint.

La voix de l'homme au chapeau vibrait de sincérité. Il ajouta :

– Voici bien une autre raison pour préférer couronner son cousin ! Lui, au moins, n'est pas un enfant.

– Oui, je sais, siffla le religieux. Mais je ne peux pas faire tuer le gamin à Ely. Je serais immédiatement suspecté.

Précieuse se figea.

– Sauf, Votre Grâce, si la suspicion se porte ailleurs..., murmura le gentilhomme d'une voix apaisante ; mais on y sentait une pointe d'agacement, comme s'il avait dû expliquer la même chose de nombreuses fois auparavant.

– J'entends bien. Mais puis-je vous rappeler, cependant, que j'ai beaucoup plus à perdre que vous, mon seigneur.

– Allons, ce n'est pas une compétition, Votre Grâce : nous sommes dans le même bateau ! Et puis-je vous rappeler combien nous avons tous deux à gagner ? Une fois Arnold neutralisé et son cousin sur le trône, nous serons les hommes les plus puissants du royaume. À l'heure actuelle, l'évêque de Londres a la mainmise mais, grâce à ceci...

Il extirpa quelque chose des replis de ses vêtements et le présenta dans la paume de sa main.

– ... grâce à ceci, nous pouvons tout changer.

Les deux hommes fixèrent un instant l'objet en silence. Précieuse fit de même. Il s'agissait d'une petite bouteille de verre qui luisait faiblement à la lumière de la torche : un serpent venimeux ou une corde de pendu n'auraient pas eu l'air plus sinistres.

Soudain, quelque part dans les profondeurs de la cathédrale, une porte claqua. La flamme de la torche vacilla en tous sens dans le vent ; un nuage de fumée âcre et aveuglante s'éleva. Précieuse plissa fortement les paupières ; elle mourait d'envie de les lécher avec sa langue. Quand elle put voir de nouveau, les deux hommes avaient disparu.

La gargouille poussa un petit cri plaintif que personne n'entendit et se blottit dans l'obscurité pour attendre Pépin.

Chapitre 11

Trop de questions

Les vingt-quatre heures suivantes furent irréelles, désespérées, grisantes, épouvantables. Chanter avec le chœur de la cathédrale était une expérience époustouflante, malgré les constantes moqueries d'Alphonse qui ne parlait que des porcs et des rats des Fens. Mais les révélations de Précieuse sur la conversation qu'elle avait surprise pesaient lourdement sur les épaules de Pépin. Il devait le dire à quelqu'un. Mais qui ? Qui le croirait ?

Il savait que l'un des conspirateurs était l'évêque, puisque la petite gargouille avait entendu l'autre homme l'appeler « Votre

Grâce ». Et il savait également que cet autre homme était de la noblesse puisque l'évêque lui donnait du « mon seigneur ». Mais de quel seigneur s'agissait-il ? Ely grouillait de nobles visiteurs.

– Tu pourrais reconnaître sa voix ? demanda Pépin.

Précieuse fit un signe de dénégation.

– Pas s'il parle normalement. N'oublie pas qu'ils chuchotaient, et les chuchotements sonnent tous pareil.

– Mais si tu le voyais, tu pourrais l'identifier ?

– Ben... Peut-être. J'ai surtout vu son chapeau. Ça, je le reconnaîtrais. Il était noir, mou, avec une grande plume. En fait, si je le regarde par au-dessus, qu'il porte ce chapeau et qu'il chuchote dans l'obscurité, là, je suis sûre de le reconnaître. Enfin, presque sûre.

C'était un maigre point de départ, mais c'était tout ce qu'ils avaient. Pépin employa dès lors chaque miette de son temps libre à essayer d'en savoir davantage. Il espionna sans vergogne les conversations puis combla ses lacunes en posant une foule de questions. Heureusement, les personnes promptes à se répandre en médisances ne manquaient pas. Les commérages visaient de nombreux gentilshommes de l'entourage du roi, mais deux noms revenaient sans cesse, bien plus souvent que les autres.

Sire Robert.

Et sire Gilles.

– Qui sont-ils ? À quoi ressemblent-ils ? interrogeait Pépin, qui essayait de se faire passer pour un paysan un peu rustre et y réussissait parfaitement.

Les langues se déliaient… L'un était un saint, l'autre le diable en personne ; l'un était généreux, l'autre l'homme le plus méchant du royaume ; l'un avait tué un serviteur dans un accès de rage, l'autre sauvé un enfant de la noyade dans un fleuve en crue…

On trouvait autant d'histoires que de gens

pour les raconter ; parfois, sire Gilles était le héros, d'autres fois, sire Robert. La seule chose sur laquelle tout le monde s'accordait, c'était leur physique : sire Gilles était bel homme et sire Robert… pas du tout.

À la fin de l'après-midi du samedi, Pépin se trouvait dans la confusion la plus totale, à bout de nerfs.

– Quelqu'un va finir par avoir des soupçons, murmura-t-il à Précieuse. Ils vont commencer à se demander pourquoi je suis si curieux.

La seule chose à laquelle il aspirait était de se pelotonner dans un coin, loin des regards, et de cesser de réfléchir. Il avait complètement perdu la notion du temps et se disait qu'il était peut-être tard, quand soudain… une main s'abattit sur son épaule.

– Le voilà ! fit une voix furieuse.

Pépin ferma les yeux et poussa un cri.

Chapitre 12

La chapelle Notre-Dame

– Qu'est-ce qui ne va pas, mon enfant ? Quelqu'un t'a fait peur ?

Pépin ouvrit les yeux et se retrouva nez à nez avec le visage avenant de frère Jean.

– Ne perdez pas votre temps avec ça, frère. Nous en avons déjà assez gaspillé rien que pour retrouver ce… garçon.

C'était le prieur Benoît. Il donnait l'impression d'avoir mordu dans quelque chose d'amer et de ne pas avoir été autorisé à recracher.

– Oui, bien sûr, vous avez raison, répondit aimablement frère Jean. Viens, Pépin, nous devons nous dépêcher. Je te raconterai tout en cours de route.

– Tout... tout quoi ? bégaya le jeune garçon.

Le prieur marmonna quelque chose dans sa barbe, mais frère Jean passa un bras autour des épaules de Pépin et le fit avancer avec douceur.

– C'est un péché, bien sûr, de se réjouir du malheur des autres, surtout qu'il avait l'air réellement charmant. Le choc a dû être terrible, mais ce n'était pas vraiment une surprise, il devait savoir que ça allait arriver. Après tout, Dieu nous a créés ainsi et qui sommes-nous pour discuter Ses desseins, même si certaines choses ne paraissent pas toujours, euh... nécessaires...

– Allez-vous en venir au fait ? dit frère Benoît d'une voix grinçante.

– Ah, euh... oui. Désolé, frère...

Le prieur arracha Pépin à l'étreinte de frère Jean, et l'entraîna à plus vive allure.

– Le choriste qui devait faire la partition

solo lors de la messe donnée ce soir pour le roi ne peut plus chanter : sa voix a mué d'un seul coup aujourd'hui.

Le ton du prieur semblait suggérer que le garçon l'avait fait exprès pour incommoder tout le monde.

– Frère Marc, le chantre, veut que ce soit toi qui prennes sa place.

L'amertume reflua distinctement sur le visage de frère Benoît.

– Mais tu étais introuvable ! L'office est sur le point de commencer, si ce n'est déjà fait...

Pépin ne se sentait plus capable d'éprouver quoi que ce soit, sauf peut-être une légère satisfaction à l'idée de l'embarras du prieur.

– Tu vas très bien chanter, lui dit frère Jean avec un sourire encourageant. Je sais que nous serons fiers de toi, mon garçon. Même si...

Son visage se plissa avec anxiété.

– ... l'orgueil est un péché...

Les plis disparurent.

– … je suis sûr que, pour cette fois, Dieu comprendra…

Ils avaient maintenant rattrapé le chœur et un novice se précipita vers Pépin. Il entrevit brièvement le visage accablé d'Alphonse, avant qu'un surplis blanc ne lui soit enfilé par la tête. On lui plaça d'autorité un porte-cierge ouvragé dans les mains et on le poussa à sa place juste avant le départ de la procession.

L'esprit embrumé par une terreur paralysante, Pépin n'avait plus conscience que des mouvements de Précieuse, qui manœuvrait à l'intérieur de sa tunique pour se laisser glisser le long de sa manche. Elle attendit que le moine préposé à l'allumage ait touché de sa fine bougie la mèche du cierge de Pépin, puis émergea de sa cachette et s'enroula rapidement autour du chandelier pour se fondre avec les ornementations sculptées.

Pépin tremblait tellement que la cire

chaude éclaboussait ses mains comme autant de petites morsures douloureuses. Précieuse lui léchait la peau aussi vite que sa langue le lui permettait ; cela ne représentait pas un grand sacrifice car il s'agissait de véritable cire d'abeille et non pas du saindoux bon marché des bougies de Wickit. Néanmoins, la petite gargouille essayait surtout de se montrer gentille ; elle ne se préoccupait pas des coulures qui refroidissaient sur ses propres écailles de pierre et, quand Pépin baissa les yeux, elle exhibait entre ses deux oreilles un chapeau pointu de cire figée, qui penchait coquettement sur le côté de sa figure et se terminait par une grosse goutte imitant un gland ou un pompon.

Elle avait l'air si adorablement ridicule que la peur panique de Pépin décrut à peu près au niveau d'une simple angoisse. Précieuse dut percevoir le changement car, lorsque la procession marqua l'arrêt aux portes de la cathédrale, elle se risqua à lui lancer un clin d'œil et à lever la petite griffe de son pouce en signe de réconfort.

Le chantre trottinait d'un air préoccupé le long de la rangée de garçons, arrangeait un surplis et distribuait quelques paroles d'encouragement, comme un général miniature inspectant ses troupes avant la bataille.

Il arriva aux abords de Pépin. Il s'arrêta un instant pour poser la main sur son épaule et le regarda droit dans les yeux. Puis il sourit, et se pencha afin d'être entendu de lui seul.

– Que t'a-t-il appris, hein ? Que t'a-t-il appris, notre bon ami Michel, quels ont été ses mots ? T'a-t-il dit : « Vise, mon garçon, vise » ?

Son imitation d'accent gallois était déplorable, mais Pépin entendit soudain la voix de l'abbé résonner dans sa tête et la chape de glace qui lui enserrait la gorge fondit un peu. Il hocha la tête et réussit à sourire faiblement.

Frère Marc poursuivit la revue de son

armée puis, tandis que les grandes portes s'ouvraient, donna le *la*. Dans le jour déclinant, la procession s'ébranla derrière la grande croix pour pénétrer à l'intérieur de la cathédrale flamboyante de lumière.

Le chœur fit une pause sous le grand Octogone et se sépara en deux pour livrer passage à l'évêque et au cortège royal, qui prirent la tête.

Pépin fut soudain frappé par le doute. L'évêque d'Ely, qui avançait d'un pas vif, était une figure imposante, tout en lui incarnait l'autorité de Dieu. D'une stature déjà peu courante, il arborait une mitre de satin qui le faisait paraître encore plus grand. Son habit de cérémonie en soie croulait sous les lourdes broderies et les joyaux ; ils étincelaient à la lumière des bougies. Il portait une crosse sculptée monumentale, incrustée de pierres précieuses, dont il frappait le sol à chaque enjambée, avant de la projeter vers l'avant d'un mouvement de balancier comme si elle ne pesait rien. Il était difficile d'imaginer qu'un tel homme puisse être impliqué dans des activités mesquines, maléfiques ou même simplement humaines.

Puis Pépin vit son visage et commença à douter de ses propres doutes. La face était cruelle, creusée de sillons durs sur le pourtour de la bouche et de rides profondes entre les deux yeux : c'était le visage d'un homme qui exigeait une soumission absolue, qui n'autorisait aucun écart. Quelque chose dans son regard lui rappela soudain Patrick Jérôme, le brochet.

Le prédateur venait donc en premier, puis la proie. Le roi suivait dans un habit du plus délicat brocart noir, qui devait coûter une fortune. Sûr de son importance, il affichait une arrogance désinvolte. Comparé au commun des mortels, il semblait plutôt impressionnant. Mais comparé à l'évêque… Arnold apparut soudain très vulnérable à Pépin. Vulnérable et petit.

Juste derrière le souverain s'avançaient les deux nobles rivaux dont tout le monde faisait des gorges chaudes. Le dénommé sire Gilles marchait avec aisance, les mains dans le dos, un air de dévotion sur son beau visage ; ses cheveux clairs étaient parfaitement coiffés. À ses côtés, sire Robert paraissait emprunté et de mauvaise humeur. Ses yeux noirs, sans cesse animés de petits mouvements rapides, balayaient l'assemblée avec suspicion. Il tenait, tordu entre ses mains serrées, un chapeau mou.

Un chapeau mou, noir, avec une grande plume.

Précieuse poussa un petit couinement aigu qui s'entendit distinctement. Dans l'instant, le regard de sire Robert transperça Pépin. Le garçon fit semblant de s'éclaircir la voix, comme s'il était l'auteur du cri, et la tension se relâcha. Le visage pâle, il glissa un œil vers Précieuse : elle dardait sur lui ses pupilles dilatées et arrondissait la bouche en un « Ooooh… » silencieux.

Puis son voisin lui donna une bourrade. Le chœur se remit en rang et emprunta à son tour la voie processionnelle. Le cerveau de Pépin était noyé dans un tel tourbillon de pensées qu'il songeait à peine à respirer. Que devait-il faire ? Il se sentait totalement impuissant. Il fallait pourtant bien qu'il fasse quelque chose…

Ils pénétrèrent dans la chapelle Notre-Dame et le jeune garçon oublia immédiatement tout le reste.

Comme la cathédrale, la chapelle avait été dépouillée de ses draperies et de ses ornements pour marquer le jour de la mort de Jésus. Mais Pépin n'eut pas le sentiment qu'il manquait quelque chose : tout, autour de lui, n'était que grandeur, lumière, vitraux élancés vers le ciel, ballets de saints et d'apôtres sculptés en frise autour des murs…

Les choristes commencèrent à chanter.

Le jeune garçon n'avait aucune connaissance en acoustique, mais les bâtisseurs de la chapelle Notre-Dame étaient sans nul doute experts en la matière. Chacune des notes avait une résonance particulière, chacun des mots se détachait, clair et profond. Plus rien d'autre n'exista pour Pépin. Devant les riches et les puissants, il chanta de tout son cœur et les voûtes de la cathédrale le lui rendirent au centuple.

L'office s'acheva trop vite. Il se sentait à la fois frissonnant et engourdi, tandis qu'il suivait le reste du chœur en direction du cloître par la porte réservée aux moines. Certains choristes lui adressèrent des signes de tête approbateurs et frère Marc lui décocha un sourire éclatant sur son passage. Pépin essaya de lui retourner son sourire mais, à sa grande surprise, il s'aperçut qu'il était au bord des larmes. Il fourra son cierge dans les mains du garçon le plus proche et partit en courant. Précieuse, petite boule rassurante, avait rejoint la sécurité de sa tunique.

Quand il mit fin à sa course, Pépin découvrit qu'il avait échoué dans le labyrinthe de corridors et de réserves qui s'étendait derrière la résidence des pèlerins. Il ouvrit une porte au hasard, décrocha une torche de son support et pénétra en titubant à l'intérieur d'une remise. Il s'effondra sur le sol.

– Qu'est-ce que nous allons faire ? gémit-il doucement.

Précieuse rampa hors de sa tunique et se percha sur l'un de ses genoux.

– Ben, dit-elle, je croyais que c'était évident. Maintenant que nous savons qui sont les méchants, nous allons prévenir le roi.

– Mais comment ? grogna Pépin. Il ne loge pas dans le dortoir des pèlerins, hein ? En plus il est sûrement entouré de gardes, et jamais ils ne laisseront quelqu'un comme moi entrer rien que pour bavarder et… Précieuse, tu m'écoutes ?

La gargouille ne répondit pas. Elle fixait une des étagères avec attention.

– Précieuse ?

Pépin la vit prendre son élan, puis décoller maladroitement dans l'espace restreint. Elle vacilla un instant sur le rebord de la planche, se rattrapa à l'anse d'un gros pichet et s'enroula tout autour.

– Cet Arnold, il ne peut pas se laver correctement avec sa langue ridicule, dit-elle. Tu ne crois pas qu'on devrait apporter un peu de bonne eau chaude au pauvre petit roi malpropre pour qu'il puisse faire sa toilette ? Hum ?

Chapitre 13

Les appartements royaux

Personne ne prit la peine de dévisager Pépin quand il vint réclamer de l'eau à la cuisine : avec tant d'invités de marque dans les parages, il y avait toutes sortes d'inconnus qui circulaient pour satisfaire aux besoins de leurs maîtres. Il lui fallut un moment pour trouver son chemin dans les vastes quartiers de l'évêque, mais il finit par déboucher dans un grand couloir, au bout duquel se trouvait une porte gardée par deux hommes en armes.

Pépin se dirigea vers eux en essayant d'avoir l'air sûr de lui. Si seulement il pouvait empêcher ses mains de trembler…

Un des gardes paraissait décidé à l'ignorer, mais l'autre était clairement d'humeur à jouer les gros bras. Les très gros bras. Il ressemblait à une montagne, avec des mains comme deux épaisses tranches de viande velues, et il sentait la bière.

– Où est-ce que tu t'imagines aller ? grogna-t-il. ALORS ? Qu'est-ce que tu fabriques là ?

Pépin se sentait incapable de proférer un son. Au prix d'un immense effort, il finit par articuler : « Je… je… » et n'alla pas plus loin.

– Ce n'est pourtant pas difficile à deviner, l'endroit où va ce garçon et ce qu'il compte y faire, lança une voix surgie de nulle part. Et si l'eau pour la toilette du roi a refroidi, faudra-t-il que je me charge de lui expliquer pourquoi ?

Sire Gilles se trouvait derrière Pépin. Il était arrivé sans se faire remarquer, et se tenait là, l'air avenant, nonchalant. Mais à sa vue, le visage rougeaud du garde avait pâli. Il essaya tout à la fois de se mettre au garde-à-vous, de faire une révérence et d'ouvrir la porte. Pépin n'en revenait pas.

– C'est bien Hugues, ton nom, n'est-ce pas ? dit sire Gilles au géant. Tu es l'un de mes hommes ?

– Oui, mon seigneur. Votre... votre humble serviteur, mon seigneur.

– Je l'espère... Je l'espère pour toi !

Sire Gilles fit signe à Pépin de pénétrer dans la pièce, puis lui emboîta le pas et tira doucement la porte.

Le jeune garçon se retourna vers le gentilhomme pour le remercier et surprit l'espace d'un instant une étrange expression sur le noble visage. Ce fut très furtif, mais pourtant... pendant quelques secondes, sire Gilles rayonna d'un plaisir mauvais, comme s'il avait éprouvé une intense satisfaction à humilier le garde. Puis le masque disparut et il fut de nouveau tout sourire.

Persuadé d'avoir mal vu, Pépin secoua légèrement la tête pour chasser la désagréable impression. Précieuse, dont le museau pointait sous la bordure de sa manche, fit de même, mais il était difficile de dire si elle aussi avait remarqué quelque chose, ou si elle voulait simplement lui signifier de ne pas rester planté là comme un piquet.

Il s'avança avec précaution vers une table sur laquelle il déposa le plateau. Il fit mine de réarranger le broc et la serviette. Il était arrivé à destination, mais n'avait aucune idée de ce qu'il devait faire !

– Et maintenant ? articula-t-il en silence à l'intention de Précieuse, qui haussa les épaules et fit une grimace.

« Tu es vraiment d'une très grande aide », pensa-t-il.

Il inspectait les alentours en quête d'inspiration, quand il remarqua un miroir.

Petit, entouré d'un cadre de bois courbe, il était bombé en son centre et offrait une vision à cent quatre-vingts degrés de presque toute la pièce. Pépin n'avait jamais rien vu de tel : en fait, il n'avait jamais vu de miroir de toute son existence et, fasciné, regarda les minuscules personnages s'y agiter comme dans un tableau qui aurait soudain pris vie. Il lui suffisait de bouger légèrement la tête pour changer d'angle de vue et faire apparaître différents éléments du décor. Il pouvait apercevoir le lit du roi, sa couverture richement brodée et ses lourds rideaux. Arnold, l'air maussade, se tenait en chemise de nuit devant sire Robert qui semblait lui faire un sermon à voix basse. Sire Gilles attendait courtoisement son tour, debout près d'une desserte où trônait le souper. Pépin contempla les assiettes en or garnies de mets choisis et la carafe de vin. Il vit alors sire Gilles plonger négligemment la main dans sa tunique, en sortir une petite fiole de verre et verser son contenu dans une des coupes qu'il remplit ensuite du breuvage rubis. Pour mieux distinguer la scène, Pépin plissait les yeux de toutes ses forces, scrutait le miroir avec acharnement… lorsqu'il aperçut quelque chose qui soudain lui donna le vertige. Sire Gilles portait un objet qu'il n'avait pas remarqué jusqu'alors. Bouche bée, il le regarda poser avec désinvolture cet objet sur une chaise.

C'était un chapeau. Un chapeau noir, mou, avec une grande plume.

D'un seul coup, tout devint clair dans l'esprit de Pépin. Comme lorsque le vent se lève et révèle soudain la véritable nature des ombres noyées dans le brouillard, il voyait enfin les choses dans leur réalité, il n'était plus besoin de jouer aux devinettes.

C'était sire Gilles qui voulait tuer le roi, et non sire Robert !

– Je suggère à Votre Majesté de procéder à votre toilette, dit sire Robert en élevant la voix. Le garçon vous a apporté de l'eau et votre repas est prêt.

– Ou vous pouvez tout aussi bien venir par ici déguster une coupe de vin !

Sire Robert se raidit au son de la voix de sire Gilles. Arnold sourit d'un air narquois :

il était clair que les remontrances l'avaient piqué au vif et qu'il accueillait avec joie la possibilité d'une petite rébellion. La tête haute, il marcha jusqu'à la desserte et prit la coupe des mains du gentilhomme.

Sire Robert ne réagit pas. Il se contenta de se diriger vers la fenêtre et de laisser son regard se perdre dans la nuit. Arnold arborait un air boudeur.

– Je vais me laver, maintenant, dit-il.

Il transporta sa coupe intacte vers l'endroit où se tenait Pépin. Il la posa à côté de la bassine et leva les yeux ; il surprit le jeune garçon qui le dévisageait dans le miroir, avec une expression alarmée. Le roi plissa le front.

– Attends un instant... Mais je te connais ! dit-il. Tu es le garçon qui a chanté à l'office, non ? Tu n'es pas un serviteur, qu'est-ce que tu fais là ?

Pépin blêmit mais, heureusement, aucun des deux seigneurs ne semblait avoir entendu. Sire Robert était toujours à la fenêtre ; sire Gilles avait repris son chapeau et lissait sa plume d'un geste élégant. Pépin leva à demi la main dans l'intention de faire taire Arnold, puis il se rappela que c'était au roi en personne qu'il cherchait à intimer le silence.

Le jeune monarque fronça les sourcils.

– Que fais-tu là ? demanda-t-il.

Cette fois, sa voix était vraiment forte.

De désespoir, Pépin désigna la coupe, puis Arnold, et exécuta le geste de se saisir la gorge et de s'étrangler lui-même. Le froncement de sourcils du roi ne fit que s'accentuer ; alors Pépin recommença, loucha et laissa pendre sa langue dans l'espoir de figurer un être à l'agonie.

Arnold recula d'un pas – il devait penser que Pépin était devenu fou – et tourna la tête pour appeler à l'aide, lorsque le son d'une petite voix courroucée lui parvint depuis la table. Il se figea.

– Arrête de faire l'idiot, roi, dit la voix. Il essaye de t'avertir que le vin est empoisonné !

Chapitre 14

Démons et belladone

Le roi baissa les yeux. Précieuse était là, accroupie sur ses pattes arrière, ses pattes avant posées sur ses hanches, tapotant impatiemment la table du bout de sa queue. Les yeux d'Arnold s'agrandirent d'horreur ; il fit un signe pour chasser le mauvais œil.

– Dieu nous protège ! murmura-t-il. Es-tu un démon ? Venu de... de... l'enfer ?

Précieuse claqua la langue avec exaspération.

– Bien sûr que non ! Je suis un morceau d'église, pour l'amour des cieux ! Je suis sûrement bien plus sainte que toi, roi consacré maître de toutes choses, si tu veux vraiment aller sur ce terrain-là. Mais le temps presse : nous te répétons que tu es en danger mortel. Le vin a été empoisonné par le grand gars souriant derrière toi. Voilà, on a dit ce qu'on avait à dire, qu'est-ce que tu proposes maintenant ?

Mais Arnold semblait avoir du mal à accepter le fait qu'il était en train de se faire rabrouer par une sculpture.

– Euh…

Ce fut tout ce qu'il réussit à prononcer.

– Votre Majesté, murmura Pépin. Vous devez nous faire confiance. Je ne comprends pas pourquoi ils veulent votre mort, mais c'est la pure vérité. Précieuse a entendu sire Gilles et l'évêque comploter dans la cathédrale. Et je viens de voir à l'instant, dans le miroir, sire Gilles passer à l'action… Il a mis du poison dans votre coupe.

Le roi leva alors les yeux vers le miroir et resta un long moment silencieux. Puis, sans quitter le reflet du regard, il saisit sa coupe et la tint en suspens. Pépin tira vivement la bassine juste en dessous, le roi fit un léger mouvement du poignet et renversa le breuvage. Le vin ondoya un instant à la surface ; des traînées rouges, semblables à du sang, descendirent comme de longs doigts dans l'eau claire. Une odeur amère, fugitive, s'éleva, puis la surface du liquide cessa d'être troublée.

– Un cru fort agréable, mon seigneur, dit soudain Arnold.

Pépin et Précieuse bondirent de surprise, mais la phrase avait été lancée par-dessus leurs têtes à l'intention de sire Gilles. Le roi observait le traître dans le miroir et ne manqua pas de noter l'expression de contentement béat qui se répandit sur son visage.

– Notre ami l'évêque ne peut faire moins que de vous offrir ce qu'il a de meilleur, Votre Majesté, répondit le gentilhomme.

Il dissimula un sourire de sa main, mais ne réussit pas à éteindre la lueur de joie dans ses yeux. Sire Gilles semblait toujours très satisfait du monde en général et de lui-même en particulier. Il se disait maintenant qu'il n'avait plus une minute à perdre. Il fallait qu'il quitte cette chambre et se mette à l'abri des soupçons avant que le poison ne commence à faire effet : ainsi, personne ne pourrait jamais l'accuser de la perte regrettable et tellement subite du jeune souverain… Il se rapprocha de la sortie.

« Si beau, si charmant, si faux…, pensait Pépin. Seul le pouvoir l'intéresse, quel mépris pour les gens… comme avec ce garde à l'entrée… »

Il jeta un coup d'œil à Arnold : son visage était pâle et tendu. Le roi accordait sa confiance à sire Gilles depuis des mois. Et à la différence du garde, il risquait de perdre bien plus que son poste si le gentilhomme s'en prenait à lui. Pépin l'admira pour le contrôle de soi dont il faisait preuve et songea : « Qu'est-ce que je ressentirais si je découvrais que, disons, frère Bernard en réalité me déteste, me déteste tellement qu'il veut ma mort… » Puis il se rendit compte que les choses ne se présentaient pas tout à fait comme ça. Sire Gilles ne détestait pas le roi : en fait il n'éprouvait absolument rien pour lui. Arnold ne comptait pas ; c'était juste un obstacle, pas plus qu'une chaise ou un chien que l'on repousse du pied en traversant une pièce. De plus, contrairement à frère Bernard, sire Gilles était malin. Effroyablement malin. Et il allait d'ailleurs probablement commencer à se demander ce qui se passait du côté du roi…

– Prétendez que vous avez soif, chuchota Pépin.

– Pardon ?

– Cette odeur amère, je suis sûr que c'était de la belladone. Et si c'est ce qu'il a mis dans votre vin, c'est un des premiers symptômes de l'empoisonnement ! Dites que vous voulez boire !

Pépin faisait de son mieux pour ne pas rudoyer son souverain.

– Demandez-lui une autre coupe !

Arnold leva un sourcil.

– C'est un seigneur du royaume, pas une servante !

Pépin émit un son étranglé.

– Fais-le, c'est tout ! traduisit Précieuse.

Le bout de sa queue s'agitait nerveusement comme s'il essayait de lui fausser compagnie.

Arnold hocha la tête, mais hésita encore.

– Je ne crois pas..., murmura-t-il.

Son regard alla de Précieuse à Pépin.

– Est-ce qu'il ne faudrait pas cacher ça, d'abord... ?

– Ça ? ! rugit Précieuse.

Mais Pépin tendit la main.

– Pas maintenant, Précieuse ! marmonna-t-il.

Il la fourra dans sa manche.

Arnold prit une grande inspiration, fit semblant de s'essuyer, puis, le visage toujours enfoui dans la serviette, se retourna.

– Le vin de l'évêque m'a assoiffé, sire Gilles, dit-il. M'offririez-vous une autre coupe ? Oh, vous alliez partir ?

Arnold laissa tomber la serviette sur le sol et s'approcha tranquillement de la desserte. Sire Gilles se tenait devant la porte.

– Hélas ! Votre Majesté, le devoir m'appelle, répliqua-t-il.

Seul un léger tremblement dans sa voix pouvait suggérer une quelconque nervosité.

– Peu importe, sire Gilles, le garçon s'en chargera. Je n'exige pas que vous me serviez vous-même, mais c'est si plaisant d'être en aimable compagnie...

Arnold glissa un regard entendu vers sire Robert. Sire Gilles fit une profonde révérence.

– Vous êtes trop bon, Votre Majesté. Mais je ne m'absente qu'un instant...

Il jeta un regard perçant à son rival.

– Soyez assuré que je reviendrai…

Arnold inclina gracieusement la tête, et le gentilhomme, son chapeau à la main, fut libre de partir.

Dès que la porte se referma, sire Robert traversa la pièce en deux enjambées et saisit Pépin à la gorge.

– Parle ! aboya-t-il. De quoi as-tu menacé le roi ?

Pépin était abasourdi.

– Quoi… Comment ? coassa-t-il.

– Ce n'est pas lui, sire Robert !

Arnold essaya de dégager Pépin.

– Il est venu me mettre en garde. Contre sire Gilles…

Le seigneur relâcha son étreinte à regret.

– Sire Gilles ? grogna-t-il. Explique-toi !

Tout en se frottant la gorge, Pépin pointa du doigt l'eau souillée de la bassine et haleta :

– Il essayait d'empoisonner le roi. Je… je les ai entendus comploter… avec l'évêque… Alors je suis venu…

Sire Robert le dévisagea durement, comme s'il cherchait à lire dans son âme, puis il hocha la tête, satisfait.

– Tu es venu prévenir et tu as été maltraité pour ta peine. Je te demande pardon, mon garçon. Je t'ai observé dans le reflet de la fenêtre et ça m'a semblé… suspect.

Pépin et Arnold échangèrent un regard inquiet : avait-il vu Précieuse ?

Il semblait que non, car le gentilhomme poursuivit sans s'arrêter :

– Maintenant, il faut me dire tout ce que tu sais et vite. Tu l'as entendu, il a annoncé qu'il reviendrait rapidement et je parie que, cette fois, il ne sera pas seul !

Chapitre 15

La mise en scène de sire Robert

– Empoisonner Arnold et faire en sorte que quelqu'un d'autre soit accusé... C'est-à-dire moi..., commenta sire Robert, la mine contrite. Quelle espèce de... Et maintenant qu'il croit que c'est fait, il ne lui reste plus qu'à réapparaître avec une douzaine de gardes pour me cueillir, seul, avec un roi mort sur les bras... Il pourrait m'embrocher sur place sans que personne y trouve à redire...

– Moi, si, protesta Pépin.

Sire Robert renifla.

– Tu n'as aucun poids, répondit-il. Et puis...

Il fit le geste de se trancher la gorge.

– ... c'est l'affaire d'un instant.

– Je n'arrive pas à croire que sire Gilles..., commença Arnold.

Il s'arrêta net. Il tremblait et son visage était d'une pâleur mortelle. Pépin avait déjà observé ce genre de réaction, à l'infirmerie de frère Gilbert, chez les patients aux os brisés ou avec des blessures profondes. Il conduisit Arnold près du feu et tourna légèrement la tête pour jeter un regard inquiet à frère Robert. Le gentilhomme hocha la tête ; il sortit de sa tunique un flacon gainé de cuir, le déboucha et le présenta devant les lèvres du roi.

– Allez, buvez ceci.

Horrifié, Arnold eut un geste de recul, mais sire Robert plaça une main ferme sur son épaule.

– Soyez sans crainte, dit-il d'un ton bourru, ce n'est pas du poison.

Arnold frissonna, prit la flasque et but.

– Très bien, l'encouragea sire Robert.

Réfléchissons un peu… Ce gredin est rusé et son plan aurait dû parfaitement fonctionner mais il n'est pas le seul à savoir ourdir des machinations… Si nous nous dépêchons, je pense que nous pouvons réaliser une mise en scène aussi convaincante que la sienne !

– Qu'allez-vous faire ? intervint Arnold, qui avait repris quelques couleurs.

– Pour commencer, vous sortir d'ici et vous mettre à l'abri.

– Mais comment ?

Sire Robert se frotta le menton d'un air mystérieux.

– Disons qu'une bande d'hommes armés va forcer l'entrée de votre chambre, vous enlever et vous entraîner dans la nuit. Je ferai bien sûr tout ce qui est humainement possible pour l'empêcher mais, submergé par le nombre, je finirai à terre, blessé, inconscient.

Deux visages muets d'incompréhension se levaient vers lui. Il soupira et s'adressa à Pépin :

– Écoute, imagine que, le roi et toi, vous soyez des canetons. Quand un héron menace une famille de canards, que se passe-t-il ?

Pépin le regardait d'un air perdu.

– Que se passe-t-il ? aboya sire Robert.

Le jeune garçon se ressaisit brusquement et bégaya :

– Ils… ils plongent, mon seigneur, les petits, ils vont sous l'eau. Et leur mère bat des ailes pour troubler la surface, comme ça le héron ne peut pas voir où ils sont… OH ! Vous allez faire diversion, mon seigneur, c'est ça, pendant que nous plongeons !

Sire Robert eut un large sourire et parut soudain beaucoup plus jeune.

– Bien, cette bande d'hommes armés voudra s'assurer que personne ne viendra les déranger trop rapidement, donc, tout d'abord…

Il entreprit de tirer une lourde armoire devant la porte.

– … ils se barricaderont.

Arnold bondit.

– Attendez ! Comment allons-nous sortir ?

– Vous suivrez le même chemin que le pot de chambre royal...

Pépin l'entendit glousser tandis qu'il achevait de positionner l'armoire contre la porte. Le gentilhomme se redressa.

– C'est-à-dire par ici.

Il fallait s'y reprendre à deux fois mais, lorsque l'on savait où regarder, on distinguait nettement les contours d'une petite porte qui se dessinait dans la muraille. Elle se trouvait non loin d'une encoignure dissimulée par un paravent : c'était là le lieu d'aisances de Sa Majesté.

– Vous ne vous êtes jamais demandé où partait votre pot, une fois rempli ?

Arnold rougit, releva le menton d'un air buté et ne répondit pas.

Sire Robert l'ignora.

– Passons à la scène de lutte, maintenant, murmura-t-il.

Il se dirigea vers le lit, empoigna tranquillement les rideaux et les déchira d'un mouvement brusque.

Pépin recula nerveusement et… renversa une chaise.

– Très bien, tu as compris l'idée, commenta sire Robert.

Ils passèrent tous à l'action jusqu'à ce que la chambre ressemble à un champ de bataille crédible.

– Assez ri, conclut le gentilhomme. À mon tour, maintenant.

Il dégaina son couteau et, d'un geste vif, se fit trois entailles, sur l'avant-bras, la cuisse et le lobe de l'oreille.

– Les oreilles saignent beaucoup, ça va me permettre de répandre du sang un peu partout.

Il s'exécuta puis acheva de déchirer ses vêtements à divers endroits. Lorsqu'il eut terminé, on aurait vraiment dit qu'il venait de participer à un combat féroce.

– Et pour finir, je suis assommé, dit-il.

Il s'allongea sur le sol et adopta une pose tragique, les membres écartés, comme un pantin désarticulé.

– Parfait. Et maintenant, mes canetons, plongez !

Il releva la tête.

– Et ne dites à personne où se trouve votre mare !

Arrivé à ce point, Pépin se rendit compte qu'il ne savait absolument pas où aller.

– Mais…

– À personne ! Juste au cas où tout cela ne marcherait pas…

Il désigna d'un geste large le spectacle chaotique de la chambre.

Les deux garçons déglutirent bruyamment.

– PARTEZ ! rugit sire Robert.

Pépin se détendit comme un arc. Il attrapa Arnold, l'entraîna par la petite porte et la claqua derrière eux.

Dans l'obscurité soudaine qui les enveloppait, il s'arrêta. « Et maintenant ? Et maintenant ? »

Il semblait incapable de formuler une autre pensée.

Puis la petite voix de Précieuse monta dans le noir.

– Pépin ?

– Ou… oui ?

– Rentrons à la maison.

Chapitre 16

Dans la nuit

L'idée était excellente et redonna à Pépin du cœur au ventre.

– Bien, Votre Majesté, dit-il, nous allons à Wickit. Vous serez en sécurité là-bas.

– Wickit ? Jamais entendu parler.

– En effet. Espérons que sire Gilles non plus.

Ils ne tardèrent pas à découvrir une autre porte qui ouvrait sur un petit terrain herbeux derrière les quartiers de l'évêque.

Pépin secouait la tête en tous sens avec impatience.

– Ça ne va pas. Je ne sais pas où nous sommes.

– Allons tout droit, dit Précieuse.

– Et pourquoi ?

– Parce que ça nous laisse plus de chance de… euh… d'être dans le droit chemin.

Pépin renifla avec mépris, mais avança tout de même droit devant. Puis, au bout d'un moment, Précieuse et lui lâchèrent un « Ah ! » de soulagement. Ils se trouvaient face au mur des cuisines ; la masse de la cathédrale s'élevait en surplomb.

– Maintenant, à la jetée ! s'exclama Pépin en s'élançant.

Mais Précieuse voyait les choses différemment.

– Tu ne peux pas traîner le garçon comme ça dans les rues ! protesta-t-elle.

Pépin s'arrêta brusquement.

Arnold avait recommencé à frissonner. Sire Robert avait insisté pour qu'il fuie le plus vite possible, sans prendre le temps d'ôter sa chemise de nuit et ses pantoufles. « Ces vauriens armés jusqu'aux dents ne vont pas attendre poliment que vous choisissiez une tenue, Votre Majesté, avait-il dit fermement. Et s'ils doivent vous emmener, ils ne vous laisseront de toute façon pas le temps de vous changer ! »

Après la chaleur de la chambre d'apparat, avec sa belle flambée, le froid nocturne était pénétrant. On entendait distinctement les claquements de la denture royale.

– Je... je vous demande pardon, Votre Altesse. Vous devez avoir froid.

Précieuse renifla.

– Oui, bon, mais le plus grave, c'est que, vêtu de cette façon, il va être repérable comme le loup blanc, fit-elle. Arrête-moi si je me trompe, mais ce n'est pas tout à fait normal, ce qu'il porte, non ? On n'est pas censés passer inaperçus ?

– Ton animal n'a pas tort, admit le roi.

Il ne remarqua pas le hoquet d'indignation de Précieuse.

– Des habits de serviteur iraient mieux, ces choses que mettent les gens de basse condition. Tes vêtements pourraient convenir.

Il regarda Pépin comme s'il pensait honnêtement que le jeune garçon allait se déshabiller sur-le-champ.

– Vous pourriez peut-être utiliser mes vieilles affaires, dit Pépin. Elles sont dans un baluchon près de mon lit, dans la Salle des pèlerins.

Ils se tenaient près d'un porche ; Pépin poussa vivement Arnold dans l'ombre.

– Attendez ici. Je ferai aussi vite que possible !

La rumeur avait, elle aussi, des ailes : quand il arriva dans la Salle des pèlerins, les gens étaient déjà réunis en petits groupes et échangeaient des murmures pressants tout en coulant des regards suspicieux par-dessus leurs épaules. Pépin brûlait de savoir ce qui se racontait mais craignait encore plus de se faire arrêter. Heureusement, les marchands qui lui avaient manifesté de l'amitié à son arrivée n'étaient pas encore de retour dans le dortoir, et personne ne prêta attention à un gamin insignifiant. Le cœur battant la chamade, il attrapa son baluchon et ressortit.

– Je les ai ! annonça-t-il triomphalement en retrouvant le roi sous le porche.

Mais à la minute où il déballa son paquet, il apparut clairement que ses vieilles affaires étaient beaucoup trop petites pour Arnold. Il n'y avait pas d'autre solution : Pépin devrait prêter ses nouveaux vêtements et remettre les anciens. Il était loin de s'en réjouir. Et le roi également.

– Ça gratte ! maugréa-t-il. Comment veux-tu que je porte des habits aussi rêches ? D'où les sors-tu ? Ils sont faits en piquants de hérisson ou quoi ? Et ils sentent mauvais !

Pépin les renifla.

– Je ne sens rien.

– Ils puent comme dix moutons mouillés dans une étable et ils piquent comme cent hérissons tricotés ensemble ! C'est mentir que de prétendre le contraire !

– Je les trouve très bien, marmonna Pépin pour lui-même, avec humeur.

Mais dans sa tête, il hurlait :

« Ce sont mes nouveaux vêtements, les premiers que j'aie jamais eus ! Si j'avais le choix, je ne laisserais personne y toucher, mais bien sûr, je n'ai pas le choix, n'est-ce pas ? N'est-ce pas, Votre Majesté ! »

– Qu'est-ce qu'il est mal élevé !

Précieuse sortit la tête du vieux capuchon de Pépin et siffla entre ses dents :

– Tu aurais préféré qu'on ne te sauve pas la vie, alors ?

Arnold baissa les yeux vers ses chaussons d'intérieur en satin – aucune des paires de chaussures, neuves ou vieilles, de Pépin n'était à la taille des pieds royaux – et, à regret, fit non de la tête.

– Bien. Allons-y, conclut Précieuse.

Sans échanger un regard, les deux garçons se mirent en route.

Ils traversèrent la ville la peur au ventre. Ils couraient dans les rues sombres, s'attendant à tout instant à entendre des clameurs sur leurs talons. La menace semblait s'étendre en cercles concentriques depuis les bâtiments du monastère, comme une ondulation à la surface d'une mare noire.

– Hé vous ! Où vous allez comme ça ?

Un homme de forte carrure surgit de l'embrasure d'une porte. Les deux garçons poussèrent un cri de terreur. Pépin attrapa le roi par le bras et l'entraîna vers une ruelle latérale, où ils pataugèrent dans un bourbier malodorant tout en tentant d'esquiver des monceaux d'immondices. Heureusement, l'homme n'avait pas leur agilité. Ils l'entendirent s'effondrer avec un rugissement et quelques jurons particulièrement créatifs.

– Par ici, murmura Pépin, venez !

Après un temps qui leur parut interminable, ils atteignirent sans trop savoir comment les murailles de la ville ; aucun nouvel incident n'était venu entraver leur route. Haletants, ils se blottirent à l'abri des regards dans l'ombre froide d'une des grandes portes.

– Attendez ici. Je vais inspecter les environs.

Précieuse décolla de l'épaule de Pépin. Les deux garçons la suivirent des yeux.

– Si tu me la donnes, tu auras un sac d'or, dit soudain Arnold. Et un sac d'argent.

– Fermez-la ! grogna Pépin.

Malgré la nuit glaciale, il sentit la chaleur l'envahir.

« Comment ose-t-il ? » Le démon de la colère dansait dans sa tête et le jeune garçon crispa les doigts. « Comment ose-t-il proposer d'acheter Précieuse ? Un mot, un mot de plus et je lui mets mon poing dans la figure… »

– Et cette bague aussi, ajouta Arnold.

Il n'avait pas remarqué l'expression sur le visage de Pépin. L'instant d'après, il se retrouva assis dans la boue sur son royal fessier.

– Tu m'as frappé ! haleta-t-il. Tu as frappé ton roi !

– Vous le méritiez, et même davantage !

Pépin ne se souciait plus des conséquences.

– Vous êtes arrogant, malpoli, égoïste, et… et… une vraie tête de lard ! Et malpoli.

– Tu as déjà dit ça. « Malpoli. » Tu l'as dit deux fois.

– C'est parce que vous êtes deux fois plus malpoli que tous les gens que j'ai rencontrés dans ma vie, y compris ce maudit prieur Benoît !

– Il est si affreux ?

– Affreux ? Il est plus affreux que vous ne pouvez l'imaginer ! Il est aussi affreux… qu'un pâté d'anguilles plein de vers. Et vous aussi. Voilà.

La fureur de Pépin commençait à s'apaiser. Elle ne durait jamais longtemps.

Arnold se redressa et essuya le sang de son nez.

– Un pâté d'anguilles véreux, hein ? Tu sais à qui tu me fais penser ? À sire Robert. Il passe son temps à me faire des reproches.

Pépin s'agita, mal à l'aise.

– J'aimerais qu'il soit là.

Arnold laissa échapper un soupir.

– Oui. Moi aussi.

À cet instant, Précieuse réapparut.

– Tout va bien, on dirait qu'il n'y a personne à l'horizon. Qu'est-ce qui t'est arrivé ? piailla-t-elle à la vue du nez ensanglanté d'Arnold.

Les deux garçons parurent gênés.

– J'ai... trébuché, avoua le roi.

– Je l'ai frappé, admit Pépin.

Précieuse prit un air dégoûté puis plongea dans le capuchon de son ami.

Pépin et Arnold émergèrent de la haute porte et restèrent quelques instants à l'abri des remparts. Les constructions qui entouraient la jetée et bordaient la rive n'étaient que des cabanes. Le battant de l'une d'entre elles s'ouvrit en laissant échapper un éclat de lumière et des bruits joyeux ; quelqu'un regarda à l'extérieur puis rentra précipitamment.

La jetée apparaissait comme une bande

sombre qui s'avançait dans les eaux noires et mouvantes. Des barques étaient attachées tout le long ; on les entendait se heurter maladroitement l'une contre l'autre lorsque le vent les poussait. La nuit était vraiment froide et sentait la neige. Tous ceux qui pouvaient rester à l'intérieur, bien au chaud, ne risquaient pas le nez dehors.

– Allons-y, dit Pépin.

La lune se dévoila un court instant entre deux nuages et donna une lueur étrange au bois humide et glissant de l'embarcadère. Les deux garçons dérapaient, emportés par leur course.

– Là, lança Pépin, le doigt tendu. C'est la nôtre.

Tandis qu'il maintenait l'embarcation stable pour permettre à Arnold d'y monter, une pensée inattendue le frappa : frère Jean et le prieur Benoît n'avaient aucune idée de ce qui se passait et aucun moyen de rentrer au monastère sans cette barque ! « Ils vont croire que je l'ai volée, se dit Pépin, affolé.

Le prieur Benoît, en tout cas. Et frère Jean va s'imaginer qu'il est arrivé malheur ! »

Puis il regarda le jeune roi, misérable, recroquevillé, et songea : « Mais il est vraiment arrivé malheur ! »

La perche sortit avec difficulté de la boue dans un énorme bruit d'aspiration. Les deux garçons s'accroupirent, persuadés que quelqu'un avait entendu ; mais rien ne bougea. Aucune porte ne claqua, aucune lumière ne fusa, aucune voix furieuse ne cria : « Arrêtez, au voleur ! »

– Partons, souffla Arnold.

Pépin éloigna la barque du rebord et essaya de ne pas tressaillir à chaque bruit de heurt ou d'éclaboussure. Il avait l'impression que, plus il essayait d'être silencieux, plus il devenait maladroit ; la chance continua cependant d'être avec eux.

Plus qu'une moitié de chemin jusqu'aux roseaux… Plus qu'un quart…

Arnold marmonnait tout seul depuis le milieu de la barque.

– Qu'est-ce que vous faites ? dit Pépin d'un ton cinglant, irrité malgré son angoisse.

– Je prie pour que les nuages ne s'éclaircissent pas, reçut-il en réponse.

Pépin leva les yeux et déglutit avec difficulté. Le vent devait avoir forci : la couverture nuageuse commençait à s'effilocher. Si la lune perçait alors qu'ils étaient toujours en eau dégagée, ils seraient parfaitement visibles. Il redoubla d'efforts sur sa perche.

Précieuse grimpa tant bien que mal auprès de lui, à l'arrière de la barque, et regarda avec inquiétude dans la direction d'où ils étaient partis.

– Des gardes ! siffla-t-elle.

Ce fut alors que leur chance les abandonna.

Chapitre 17

Poursuivis

Les nuages avaient disparu, la barque et ses occupants étaient éclairés par une lune splendide. Il aurait fallu être aveugle pour ne pas les voir.

– Arrêtez-les ! Ils ont capturé le roi !

Pépin risqua un œil en arrière et le regretta immédiatement. La jetée grouillait d'hommes en armes et d'habitants de la ville ; il était illégal pour tout citoyen de ne pas participer aux traques de malfaiteurs, et a fortiori, quand il était question de la sécurité du roi en personne…

Les torches des gardes qui essayaient de courir sur la surface glissante semblaient danser une folle sarabande. Les ordres et les exclamations fusaient, clairement audibles, tout comme les coups de perche contre les flancs de douzaines de bateaux.

– Remercions le ciel qu'il n'y ait pas d'archers, marmonna Arnold.

« Je n'y avais même pas pensé ! » se dit Pépin.

Il pouvait maintenant voir le canal et poussa avec acharnement la barque dans sa direction. Au moment où ils rejoignirent les roseaux et purent enfin disparaître à la vue de leurs poursuivants, un nuage cacha la lune.

Arnold jura d'une façon très peu majestueuse et Pépin hurla à Précieuse :

– Je ne vois plus rien ! Monte sur la proue et guide-moi !

– Tu ne veux pas risquer d'allumer une lanterne ? demanda Arnold.

– Nous n'avons pas de lanterne ! grogna Pépin.

– Plus à gauche ! lança Précieuse.

Le cauchemar semblait ne pas avoir de fin. Pépin emprunta tous les canaux que Précieuse repérait, tous les virages et les tournants qui pouvaient leur permettre d'échapper à la traque. Il n'avait aucun espoir de semer les gardes : la force lui manquait. Mais, grâce à l'obscurité, il y avait peut-être une petite chance pour qu'ils passent à côté d'eux sans s'en rendre compte.

– Arrête-toi ! jeta Précieuse.

Pépin planta la barque dans une touffe de laîche et lutta pour reprendre sa respiration. Il regarda Arnold. Son visage formait comme une tache blanche dans les ténèbres. Pépin se pencha et rabattit le capuchon du roi, puis fit de même avec le sien.

– J'ai une idée, murmura soudain Précieuse.

Et avant que quiconque puisse l'arrêter, elle se laissa glisser le long de la coque dans l'eau noire.

Arnold tremblait tellement qu'il faisait osciller l'embarcation et provoquait de légers clapotis. Pépin posa une main sur son épaule pour l'apaiser.

Quelques instants passèrent ; le bruit de leurs poursuivants se rapprochait de plus en plus, quand ils entendirent soudain…

– Qu'est-ce que c'est que ça ?

L'homme semblait juste derrière eux.

– Regarde ! fit une autre voix, un peu plus lointaine. Une lumière ! Nous les tenons !

« Quoi ? » se demanda Pépin. Il scruta frénétiquement les alentours, essaya de forcer ses yeux à percer l'obscurité. Soudain, il vit lui aussi une lumière, toute proche : elle vacillait en contrebas, dans le noir. Elle disparut soudainement.

– Ces imbéciles ont allumé une lanterne !

Pépin frémit. Il reconnaissait ce ton.

– Sire Gilles, murmura Arnold, horrifié.

Puis une troisième voix s'éleva, à l'accent grasseyant des Fens :

– Non, mon seigneur. Ça ne peut pas être une lanterne. Pas une lanterne d'homme, en tout cas !

Le garde avait peur. « Pour contredire sire Gilles, il doit vraiment être terrifié ! » pensa Pépin.

– C'est Guillaume le fol, maître !

– Qu'est-ce que tu racontes ? Rattrape-les !

– C'est le lanternier maudit. Le suivre, c'est la mort assurée.

Pépin put presque sentir monter la colère de sire Gilles qui s'exclama :

– Ils ont rallumé leur lanterne ! Elle est plus à gauche maintenant, ils s'éloignent !

– Non, mon seigneur, écoutez-moi…

L'homme des Fens semblait désespéré.

– Le lanternier est un démon, messire : il vous attire pour vous perdre dans le marais puis vous entraîne au fond. Il mange votre chair et vole votre âme, croyez-moi…

Pépin entendit le frottement métallique caractéristique d'une épée que l'on sort de son fourreau. Arnold devait l'avoir entendu aussi : Pépin le sentit se raidir sous sa main.

– Alors tu ferais bien de choisir qui tu crains le plus, racaille des Fens !

Sire Gilles avança brusquement vers l'homme ; il y eut un cri, puis le seigneur lança d'un ton hargneux :

– La prochaine fois, je toucherai ta gorge et pas seulement ta sale figure ! Maintenant, conduis-nous jusqu'à eux ! LÀ ! Je viens de voir la lumière de nouveau ! Par ici !

Il n'y avait plus que deux mètres de roseaux entre la barque de Wickit et ses poursuivants. Au passage des bateaux ennemis, Pépin vit les silhouettes des gardes se découper comme d'étranges ombres déformées dans la lueur de leurs torches. Ils étaient si proches qu'il pouvait entendre la respiration rauque de l'homme blessé, souffrant, qui dirigeait son embarcation vers un danger qu'il jugeait effroyable, avec à son bord un autre danger tout aussi terrifiant. Il paraissait impossible que sire Gilles et ses acolytes ne tombent pas sur la barque des fuyards ; et pourtant, l'impossible se produisit. Incrédules, les deux garçons retinrent leur respiration tandis que s'éloignaient leurs agresseurs, attirés ailleurs dans l'obscurité.

Quand le dernier cri se fut évanoui dans le lointain, la lune sortit de nouveau des nuages. Dans la lumière blafarde, Arnold avait la pâleur d'un noyé et Pépin comprit que lui-même ne devait pas valoir beaucoup mieux.

– À quelques mètres près..., fit Arnold avec un hochement de tête.

– Je sais.

Pépin se sentait tout engourdi.

– Qu'est-ce que c'était que ces lumières ? demanda le roi.

Ses yeux brillaient dans son visage comme deux pierres noires et luisantes.

– C'était moi ! dit une voix venant de l'eau.

Arnold recula et faillit tomber du bateau ; Pépin plaqua une main contre sa propre bouche pour s'empêcher de crier. Tout sourire, Précieuse se hissa par-dessus bord.

– C'était très drôle ! lança-t-elle avant de

se mettre à lécher les gouttes d'eau sur son épaule.

Les garçons la dévisagèrent.

– Tu étais…

– Mais comment as-tu…

Précieuse essaya de prendre un air détaché pendant environ une seconde, puis renonça, sauta sur le banc et raconta toute son histoire.

– Pépin, tu te rappelles ces pêcheurs qui s'étaient perdus dans le brouillard et avaient passé la nuit au monastère ? Ils avaient leurs paillasses dans la cuisine, ils sont restés des heures à discuter, tu faisais semblant de dormir – mais on entendait tout ce qu'ils disaient –, et puis le méchant frère est arrivé pour leur ordonner de se taire et, après son départ, l'un des pêcheurs lui a donné un nom insultant.

Pépin hocha la tête.

– Eh bien, une des histoires parlait du…

– … lanternier ! s'exclama Pépin. Je m'en souviens, j'étais mort de peur !

Précieuse haussa les épaules d'un air suffisant.

– Pas moi, bien sûr, mais ce soir j'ai pensé : « Comme ça serait pratique si un lanternier maléfique surgissait maintenant... » Et puis je me suis dit : « Attends voir, pas besoin de lanternier quand on m'a, moi ! »

– Mais comment...

– Très facile ! Regarde-moi : je nage, je nage, je nage, je me retourne sur le dos et... pschitt !

Elle s'allongea, cracha quelques flammes en guise de démonstration et manqua de peu de roussir les sourcils royaux. Arnold se jeta en arrière et Pépin inspecta anxieusement les alentours.

– Prends garde, l'avertit-il.

Mais Précieuse se contenta d'agiter une patte en signe d'apaisement.

– Je les ai entraînés suffisamment loin ! Ils ne nous retrouveront pas ! Je serais surprise s'ils réussissaient à retourner à Ely avant demain midi.

Pépin tendit le bras et la caressa entre les deux oreilles.

– Tu es la plus intelligente gargouille de toute l'Angleterre.

Elle ne protesta pas.

La troisième fois que Pépin percuta violemment un îlot flottant, la barque resta plantée dans les roseaux.

– Qu'entends-tu par « plantée ? » demanda Arnold entre ses dents qui claquaient.

– Ça veut dire quoi, à votre avis ? rétorqua Pépin d'un ton cinglant.

Il n'avait pas froid, tous ses efforts à la perche l'avaient réchauffé, mais il était las à en pleurer.

– Ce n'est pas très important, de toute façon. Autant être perdus en restant à un endroit qu'en errant dans tous les sens.

Arnold émit un petit son étranglé.

– Qu'est-ce que vous croyez ? explosa Pépin. Il fait noir, au cas où vous ne l'avez pas remarqué, nous n'avons pas de lanterne, nous n'avons pas de torche, je ne peux pas voir le ciel, je ne peux pas me guider aux étoiles et la lune est couchée !

Arnold remua un peu sur son banc.

– Je n'ai rien dit, marmonna-t-il.

Pépin s'adoucit et s'affala en face du roi.

– Je sais. Je pense que je suis surtout en colère contre moi-même.

Il poussa un gros soupir et commenta :

– Je joue le rôle du prieur Benoît, puisqu'il n'est plus là pour le faire !

– On ne crie pas souvent sur moi, en fait, reprit Arnold au bout d'un moment. Mais sire Robert s'y entend très bien pour me manifester sa désapprobation, même sans crier.

Il changea de nouveau de position.

– Quel donneur de leçons !

Pépin réfléchit une minute.

– Mais peut-être... peut-être qu'il vous fait la leçon parce qu'il vous aime bien ? Il vous aime bien et veut que vous deveniez le meilleur possible.

Arnold ronchonna à voix basse.

– Et est-ce que le prieur Benoît t'aime bien ? demanda-t-il avec humeur.

Pépin essaya de se représenter le prieur Benoît comme quelqu'un d'affectueux, mais n'y parvint pas.

– Non, admit-il. Mais sire Robert n'a rien à voir avec lui, croyez-moi !

Il y eut un silence.

– Oui, je suppose, finit par dire Arnold bien qu'il n'ait pas l'air très convaincu. Bon, que fait-on maintenant ?

– On reste assis sans bouger jusqu'à demain matin, gazouilla Précieuse.

Elle semblait enchantée à cette idée, ce qui était plutôt irritant.

– Facile à dire pour toi ! grogna Pépin. Nous serons transformés en glaçons d'ici là !

– Et mon chauffe-lit n'est pas là, juste au moment où j'en ai le plus besoin ! ajouta le roi.

– Qu'est-ce qu'un chauffe-lit ? demanda Pépin.

Il tremblait lui aussi.

– Un serviteur. Il fait chauffer de grosses pierres plates près du feu puis les glisse un moment entre les draps de mon lit pour qu'ils soient à la bonne température quand je vais me coucher.

– Ça a l'air mer... merveilleux, commenta Pépin d'un air sombre. Absolument merveilleux.

– Beuh... C'est tout ? dit Précieuse. Je peux le faire !

– Quoi ?

– Bien sûr. Pépin, fais un lit avec vos deux manteaux. Allez, ordonna-t-elle.

Pépin s'exécuta, superposa les deux capes et les étendit sur le fond de la barque. Avec un gargouillis de plaisir, Précieuse se faufila entre les deux épaisseurs. Pendant une longue minute, rien ne se produisit. Puis la curiosité poussa Pépin à approcher la main de la bosse formée par son amie.

– Hé, coassa-t-il de surprise, mais c'est chaud !

Précieuse gigota à l'aveuglette sous l'étoffe jusqu'à ce que sa tête resurgisse.

– Au lit, mes jeunes sires ! La nuit est frisquette !

Pépin et Arnold ne se le firent pas répéter. Le fond de la barque pouvait bien être dur et l'espace restreint, avec un dragon comme bouillotte entre eux deux, c'était le summum du confort.

– Comment fais-tu ça ? demanda Arnold.

Précieuse gloussa d'un air suffisant.

– Je me bouche le nez et crache de petites flammes : je me chauffe de l'intérieur, en quelque sorte ! Et je peux augmenter la température quand je veux ! Les pierres ne font pas ça !

– Bonne nuit, ô reine des pierres…

– Bonne nuit, ô roi.

On entendit le bruit d'un bâillement de gargouille.

– Bonne nuit, Pépin.

– Bonne nuit, Précieuse…

Chapitre 18

Au matin

– Donne-moi de l'élan, s'il te plaît, Pépin.

C'était le matin. Les garçons avaient dormi comme des souches ; Arnold n'avait pas l'air de vouloir se réveiller de sitôt. Pépin avait déjà aspergé son visage d'eau glaciale des Fens en guise de toilette.

Précieuse avait quant à elle décidé que le moment était venu de s'absenter pour un de ses survols d'éclaireuse. Elle se hissa sur le poignet de Pépin, se maintint en équilibre avec précaution et se laissa propulser d'un geste vif. On entendit un battement d'ailes de pierre, un « Youpi ! » ravi et la petite gargouille s'éleva dans le ciel.

– Mais c'est insensé, quelqu'un va la voir ! protesta Arnold du fond de la barque.

La tête renversée en arrière, Pépin la regarda décrire des cercles et s'élever peu à peu avec effort dans les airs.

– En fait, personne ne la repère jamais, expliqua-t-il. Les gens ont tendance à ne voir que ce à quoi ils s'attendent. Ils penseront que c'est un busard ou une sorte de canard fou.

Arnold ne parut pas convaincu.

Précieuse était maintenant hors de vue, mais Pépin ne se rassit pas, il resta planté debout, perdu dans ses pensées.

« Nous sommes le dimanche de Pâques. Je devrais être en train de chanter dans la cathédrale. »

Il s'attendit à ressentir la morsure cruelle d'un regret, mais rien ne se produisit.

– Qu'est-ce que tu regardes ? finit par demander Arnold.

Pépin baissa les yeux vers lui et lui adressa un sourire étrange.

– C'est une charmante matinée, Votre Majesté, dit-il en exécutant une révérence cérémonieuse. Levez-vous pour voir !

Engourdi et grincheux, Arnold obéit.

Les marais s'étendaient autour d'eux à perte de vue, voilés de-ci de-là par des nappes de brume. Le froid de la nuit avait bordé de gelée argentée les feuilles des roseaux et des laîches, les massifs d'arbustes et de broussailles. À l'est, le soleil, toujours ras sur l'horizon, paraissait suspendu dans les airs et faisait scintiller le paysage. L'air était clair et vif, il sentait le givre et les relents lointains de la marée. Un vol d'oies sauvages passa au-dessus de leurs têtes, si bas qu'ils purent distinguer le dessin de leurs plumes et entendre le crissement de leurs ailerons chaque fois que s'élevait le caquetage de leur meneuse.

– Charmante n'est pas tout à fait le mot exact, commenta Arnold.

Pépin se raidit, prêt à essuyer l'offense.

– Je dirais plutôt… extraordinaire.

Les deux garçons échangèrent un grand sourire et restèrent silencieux un moment. Puis…

– Pépin ?

– Hum ?

– Comment fait-elle pour voler ?

Pépin secoua la tête en signe d'ignorance.

– De la même façon qu'elle nage, je suppose.

Arnold le dévisagea.

– Enfin, je veux dire, elle est en pierre, n'est-ce pas, et pourtant elle flotte…, ajouta Pépin.

Il haussa les épaules.

– C'est un mystère. Une sorte de miracle.

– Un véritable miracle ! conclut le roi.

Il y eut une nouvelle pause.

– Pépin ?

– Oui ?

– Je suis désolé d'avoir… tu sais, essayé de te l'acheter.

Pépin ne répondit pas. Puis il marmonna :

– Je suis désolé de vous avoir frappé.

– C'est bon, dit Arnold. Et je ne vais probablement pas me donner la peine de te faire juger pour haute trahison. Si ça te convient ?

– Oui. J'arriverai à vivre avec cette idée.

– Parfait, conclut solennellement Arnold. Moi aussi.

Précieuse, qui surgit derrière eux en vol plané, les fit tous deux sursauter.

– Je... dirais que... c'est par là, haleta-t-elle. Un peu au sud... par rapport au soleil.

Pépin acquiesça. Mais, tandis qu'il ramassait sa perche, Arnold le saisit par la manche.

– Je peux essayer ?

Pépin hésita et le regarda d'un air sceptique.

– C'est un peu compliqué, vous savez, dit-il. Et c'est vraiment dur.

Arnold hocha la tête.

– Mais c'est... amusant aussi, non ? implora-t-il.

Pépin céda et sourit.

– Oui, c'est plutôt amusant. Venez là, je vais vous montrer.

Dans les moments qui suivirent, leur progression fut particulièrement hasardeuse, ponctuée de cris perçants – lorsque Arnold sentait l'eau glacée couler dans ses manches –, d'échouages dans les roseaux, de menaces de chavirements imminents – où Pépin devait rattraper le roi par la ceinture pour l'empêcher, lui et sa perche, de fausser compagnie au bateau – et d'une bonne dose de fous rires.

Ils étaient si absorbés qu'ils n'entendirent pas tout d'abord la cloche. Ce n'était pas un fier bourdon retentissant, inspirant la ferveur : c'était une petite cloche qui évoquait plus la voix d'une grenouille que celle des anges. Mais c'était le son le plus merveilleux que Pépin et Précieuse aient jamais entendu, et il ne pouvait signifier qu'une chose.

– D'où vient ce bruit ? dit Arnold.

Pépin et Précieuse s'écrièrent en chœur :

– C'est chez nous !

Chapitre 19

Sanctuaire

L'abbé Michel avait insisté pour qu'Arnold soit hébergé à l'intérieur même de l'église. La règle du sanctuaire qui permettait à tout fugitif de trouver asile dans les lieux sacrés était claire : pendant un mois entier, tant que le roi ne mettait pas un pied hors de l'édifice, personne ne pouvait porter atteinte à sa personne ni l'emmener de force.

Mis à part pendant les offices, les garçons ne se voyaient pas beaucoup. Arnold passait le plus clair de son temps avec l'abbé Michel. Bien sûr, c'était le rôle du père de la communauté de se mettre à la disposition du roi, mais le vieil homme et le jeune souverain semblaient aussi s'apprécier sincèrement. Pépin devait admettre qu'il en éprouvait un peu de jalousie, mais il était si en retard sur son travail qu'il n'avait pas vraiment le temps de se tourmenter.

Précieuse n'était d'aucune aide. Elle disait qu'elle montait la garde dans l'église :

– Je ne pense pas qu'il soit bon que la sécurité du roi soit entièrement placée entre des mains humaines, pas toi ?

Mais Pépin soupçonnait qu'elle se sentait surtout épuisée par leurs aventures et rattrapait son retard de sommeil quelque part sur une poutre à l'abri des intempéries.

Car l'hiver semblait avoir repris de la vigueur depuis leur retour et Wickit était de nouveau coupé du monde extérieur. Un brouillard givrant flottait en permanence sur l'île et interdisait toute visibilité au-delà de quelques mètres. Les roseaux, les canaux et même la boue des Fens étaient figés dans la glace. Les sons voyageaient bizarrement ; la cloche qui appelait à la prière semblait étouffée, différente, comme une cloche fantôme dans une cathédrale engloutie. Des gémissements, des craquements sinistres montaient des marais tandis que le gel resserrait son emprise. Pépin faisait de mauvais rêves dont il ne se souvenait plus au réveil, mais qui hantaient ses journées et lui laissaient une sensation d'inquiétude, de malaise.

Tous semblaient dans l'attente de quelque chose ; mais le terme du séjour d'Arnold à Wickit arriva plus rapidement que prévu.

Un beau matin, le dégel s'annonça et les températures montèrent de façon considérable. Le soleil, qui depuis des jours se contentait simplement de donner une nuance plus claire à la grisaille, s'attaquait maintenant franchement au brouillard qui s'effilochait à vue d'œil. À l'office du matin, Pépin croisa le regard d'Arnold et ils échangèrent un large sourire.

Le messager arriva peu après midi. Pépin

nettoyait des poissons à l'extérieur de la cuisine, quand une barque avec trois étrangers à son bord émergea dans son champ de vision. Il aperçut frère Jean qui les aidait à accoster, puis conduisait l'un d'entre eux sous le porche de l'église, où attendait l'abbé Michel. L'homme posa un genou à terre, puis fut relevé par le religieux qui l'entraîna à l'intérieur.

Pépin retourna à ses poissons. Quand il regarda de nouveau vers l'église, l'étranger en était ressorti et s'approchait de lui avec ses deux autres compagnons.

– Ton abbé nous a promis qu'on trouverait ici à boire et à manger ! dit l'homme d'une grosse voix chaleureuse.

Pépin lui sourit.

– Vous êtes au bon endroit ! Frère Bernard pense qu'un estomac vide est un péché !

L'homme éclata de rire, mais le jeune garçon l'arrêta avant qu'il ne pénètre dans la cuisine.

– Dites-moi, est-ce que c'est sire Robert qui vous envoie ? demanda-t-il timidement. Que… que s'est-il passé à Ely ?

Le messager fit signe aux autres de continuer et s'accroupit près de Pépin.

– Oui, je suis bien un homme de sire Robert. Nous nous sommes mis en route dès que le temps l'a permis. En ce qui concerne les événements d'Ely, les conspirateurs ont été arrêtés. Sire Gilles et l'évêque ont risqué gros et ils ont tout perdu. Mais… c'est toi le gars qui a permis au roi de s'échapper ?

Pépin hocha la tête et questionna :

– Comment avez-vous su où on était ?

– On a lancé des recherches dans tout le marais. Mais sire Robert était quasiment sûr de vous trouver ici.

Il rit de nouveau.

– Il nous a dit que, lorsqu'un rat a peur, il court toujours se réfugier dans son trou ! Alors, on s'est d'abord dirigés vers Wickit.

Il se releva et s'étira.

– Nous retournons à Ely demain afin de prévenir sire Robert que Sa Majesté est saine et sauve. Le roi doit rester ici jusqu'à ce qu'on puisse revenir avec une escorte appropriée. Mais en attendant, voyons ce que frère Bernard a en réserve pour mon estomac vide !

Pépin descendait vers le rivage pour vider son seau de viscères de poisson, quand il entendit frère Paul l'appeler pour l'aider à deux ou trois petites choses... qui lui prirent finalement tout l'après-midi.

Il confectionna des bottes de roseaux en prévision des futures réparations sur les toits des communs, arrangea le tas de tourbe, décapa la barque de fond en comble, cura la porcherie... Lorsqu'il eut terminé, ses vieilles guenilles se trouvaient dans un état lamentable, il était sale et complètement épuisé.

Mais frère Bernard lui refusa le havre de la cuisine.

– Tiens, prends ça, dit-il en lui lançant un

ballot. Va te laver et change-toi. L'abbé t'attend dans sa chambre.

– Me changer ? s'étonna Pépin, qui regardait sans comprendre le ballot qu'il tenait dans les mains.

– OUI, te changer, mettre tes nouveaux vêtements, andouille ! Ceux qu'on t'a achetés à Ely.

Puis frère Bernard le chassa du revers de la main.

Toujours humide de ses ablutions et mal à l'aise dans ses nouveaux habits enfin retrouvés, Pépin s'approcha de la porte de l'abbé Michel et, après un moment d'hésitation, frappa.

Chapitre 20

Par tous les saints !

– Entre.

Lorsque Pépin pénétra dans la pièce, il vit un étranger en somptueux costume de velours et de satin, assis le dos tourné. En comparaison, l'abbé Michel avait l'air terne et mal fagoté. Ce fut seulement lorsque l'étranger se retourna pour le regarder que Pépin réalisa qui il était.

– Par tous les saints ! s'exclama le jeune garçon. Arnold ?! Je ne vous avais pas reconnu !

L'abbé Michel parut sur le point de s'étouffer.

– Oui, Pépin, c'est ton roi, dit-il mi-amusé, mi-consterné.

– Oh… désolé.

Pépin s'inclina maladroitement.

Arnold se leva en hâte et plongea dans une cérémonieuse révérence, avec force moulinets du poignet.

– Je te dois la vie, fit-il. Comment puis-je payer ma dette ?

Pépin sourit timidement et haussa les épaules.

– Je sais… Je vais ordonner qu'on donne à l'église de Wickit la plus haute flèche du royaume ! déclara Arnold avec emphase.

– Et donnez aussi l'ordre qu'elle ne s'enfonce pas dans la boue des marais sous son propre poids ! Ah, qu'il est commode d'être roi…, murmura l'abbé d'un ton moqueur.

Arnold rougit.

– Notre tour me plaît comme ça, dit tranquillement Pépin.

– Alors que puis-je faire ? gémit le roi. Ou faut-il que j'oublie que tu m'as sauvé la vie ?

L'abbé Michel secoua doucement la tête.

– Non, mon enfant, il ne faut jamais oublier. Un roi a besoin de véritables amis peut-être plus que tout autre homme sur la Terre, et l'on ne peut souhaiter que vous négligiez aucun d'entre eux. Mais vous ne pouvez nous offrir grand-chose à Wickit que nous n'ayons déjà. Nous avons tout le nécessaire.

Son regard glissa avec une feinte indifférence sur Pépin et il se frotta pensivement le menton.

– Mais viendra peut-être un jour où votre camarade voudra plus que notre nécessaire... Dans quelques années, vous pourriez peut-être faire en sorte qu'il intègre le chœur de la cathédrale. Il pourrait même éventuellement remplacer frère Marc comme chantre, plus tard...

– Je ferai mieux que ça ! dit le roi Arnold. Je le nommerai évêque. Il sera Sa Grâce Pépin, le puissant et respecté évêque d'Ely... et mon bon ami.

Soudain timide, il se tourna vers Pépin.

– Qu'en penses-tu ? Tu aimerais être évêque d'Ely un jour ? Tu pourrais vivre dans un palais, donner des ordres à tout le monde et forcer le prieur Benoît à prier pour ton âme matin, midi et soir…

– Hum ! fit l'abbé Michel d'un air de reproche.

Arnold sourit sans montrer l'ombre d'un repentir.

– Pouvons-nous y aller maintenant, mon père ? Avec votre permission ? demanda Pépin. Le roi a besoin de s'entraîner un peu à la perche avant son départ.

– C'est plus compliqué qu'il n'y paraît, mon père, ajouta Arnold.

L'abbé Michel leur fit signe de déguerpir et les deux garçons s'inclinèrent, quittèrent la pièce posément, fermèrent la porte, puis s'enfuirent en courant au milieu d'éclats de rire.

L'abbé Michel sourit à la dérobée, puis s'assit à sa fenêtre sous le vaste ciel de Dieu.

Il vit Pépin et Arnold émerger du bâtiment et s'avancer vers la jetée. Il allait se détourner lorsqu'il crut apercevoir du coin de l'œil quelque chose qui volait en piqué depuis la tour de l'église en direction des garçons ; il ne sut pas exactement ce que c'était. Une chauve-souris ? Un oiseau ? Un pigeon, peut-être ?

Probablement.

LE MONDE DE PÉPIN

Plus étonnant qu'une fiction,
plus étrange que de la fantasy.

La chroniqueuse
des *Mystères de la Gargouille*
répond à nos questions.

Quels sont ces grands marécages que vous évoquez ?

Les anciens Fens occupaient une surface considérable, ils couvraient des milliers de kilomètres carrés et s'étendaient sur cinq comtés : le Cambridgeshire, le Norfolk, le Suffolk, le Lincolnshire, et ce qui s'appelait à l'époque le Huntingdonshire. Leurs dangers étaient également loin d'être négligeables : les maladies y proliféraient, comme le paludisme, par exemple, et ils inspiraient de multiples terreurs… Tous ces bruits bizarres qui résonnaient soudain dans le dos du promeneur pourraient, aujourd'hui, être expliqués scientifiquement par l'explosion subite à la surface de l'eau de bulles de gaz nées de la putréfaction des végétaux ; et les lumières inquiétantes par l'inflammation spontanée de méthane naturel… Mais, perdu dans la nuit ou le brouillard, le voyageur du Moyen Âge était plutôt enclin à imaginer des démons dans les ténèbres et à faire l'examen de sa conscience.

Pourquoi les églises médiévales comportent-elles autant de représentations de monstres et de diables ?

Peut-être parce que les tailleurs de pierre vivaient à une époque qui n'était pas si éloignée de l'ère des croyances et des pratiques païennes. Certaines gens disent que les gargouilles protégeaient les églises des esprits malins, qu'elles les effrayaient. Une certaine façon de dire : « C'est notre territoire, allez-vous-en ! » Mais personne ne sait vraiment. Au temps de Pépin, on pensait avoir besoin de toutes sortes de protections. Il fallait parer à tous les dangers de ce monde… qui n'étaient pas toujours physiques. On se protégeait du mauvais œil, par exemple, en plaçant le pouce entre l'index et le majeur et en tenant la main refermée pour former un poing. Les moines utilisaient ce geste autant que n'importe qui.

Est-ce que Précieuse était hideuse ?

Bien sûr que non. Beaucoup de gargouilles étaient laides, et exécutées assez grossièrement, mais certaines sculptures non religieuses, comme Précieuse, étaient très belles. En fait, techniquement, elle n'appartient pas à la catégorie des gargouilles. Une gargouille fait partie d'un système de drainage et a un tube dans la gorge qui permet d'évacuer l'eau de pluie depuis le toit. Le terme adéquat pour Précieuse serait « grotesque ». Mais comment appeler grotesque quelque chose d'aussi mignon…

Puisque Précieuse nageait et volait à la vue de tout le monde, pourquoi personne ne l'a jamais remarquée ?

Précieuse se débrouillait pour circuler dans les Fens sans être inquiétée car on la confondait facilement avec d'autres animaux.

Son style de nage consistait à plaquer ses pattes avant et ses ailes le long de son corps et à effectuer un puissant mouvement latéral de propulsion avec sa queue. Quand on l'apercevait de manière fugitive, elle passait sans doute pour une petite loutre – les Fens en regorgeaient à cette époque – ou peut-être pour un rat d'eau un peu étrange.

En vol, elle ressemblait probablement à un pigeon, ou à un faucon d'une forme bizarre. Durant la parade amoureuse, le mâle et la femelle busards des roseaux descendent ensemble en piqué, s'accrochent par les serres et font la roue dans les airs. Le busard qui aurait tenté l'exercice avec Précieuse aurait eu une sacrée surprise !

Qu'est-ce qu'une marque de tâcheron ? Un genre de graffiti ?

Les tailleurs de pierre itinérants signaient leur travail en gravant leur marque personnelle sur les murs des bâtiments qu'ils exécutaient ; il s'agissait parfois d'une lettre, ou d'une sorte de motif comme + ou ^. La prochaine fois que vous visiterez une église médiévale, essayez donc de les repérer.

D'où vient le nom d'Ely ?

Eel, en anglais, signifie « anguille », une créature qui proliférait dans les marais. Ely veut donc dire « île aux Anguilles ». Ces poissons étaient parfois utilisés par les gens des Fens pour payer leur fermage. Sur le plan de la gastronomie, toutes les recettes étaient bonnes pour le cuisinier médiéval : les anguilles étaient bouillies, fumées, rôties, frites, pochées, servies en gelée, en potage, avec du lait d'amande ou de la sauce à l'ail nouveau… mais peut-être pas en dessert, tout de même.

Qu'est-ce que le posset ? Et la jonquette ?

Le posset est une boisson chaude élaborée à partir de lait que l'on a fait tourner avec de la bière ou du vin avant d'ajouter du sucre, des herbes et des épices. La jonquette est d'origine normande ; c'est une crème qui ressemble à du *cheesecake* liquide, mais sans la base en biscuit.

Pourquoi le lieu dans lequel résidaient le prieur et frère Jean à Ely était appelé l'Hostellerie Noire ?

L'hostellerie de la cathédrale d'Ely était appelée ainsi car elle appartenait à des moines bénédictins dont l'habit était de couleur noire. Les différents ordres se distinguaient entre eux par la couleur spécifique de leur tenue : les moines cisterciens portaient du blanc, et les frères franciscains, du gris.

Mis à part les tentatives d'assassinat, qui paraissent inévitables, y avait-il d'autres désavantages à être roi au Moyen Âge ?

La semaine de Pâques pouvait être un peu éprouvante. Le jeudi saint, par exemple, le roi en personne devait laver les pieds des mendiants de la ville où il se trouvait en visite. Le nombre de paires de pieds dépendait du nombre d'années du souverain ; pour Arnold, la tâche était donc relativement légère. Mais pour un roi de soixante-dix ou quatre-vingts ans... mieux vaut ne pas y penser !

Je croyais que seule la consommation du poisson était autorisée pendant le carême : comment l'évêque pouvait-il offrir au roi de l'oie et du castor à dîner ?

Oui, la viande était normalement interdite en période de carême... Comment l'évêque pouvait-il donc justifier de servir de l'oie bernacle au roi, et donc probablement à lui-même ? Et d'où vient le nom des oies bernacles ? La réponse à ces deux énigmes tient en une seule explication. En observant, sur le rivage, ces volatiles au plumage noir et blanc s'ébattre non loin de certains coquillages de couleurs identiques, appelés bernacles, quelques brillants esprits – Gerald Barry, en 1188, pour ne pas le citer – ont conclu que les coquillages étaient comme des œufs d'où naissaient les oies. Elles étaient donc apparentées à la famille des crustacés, ce qui rendait leur consommation tolérée durant le carême. Et les castors, me direz-vous ? Ils vivent dans l'eau, comme les poissons. Donc ce sont des poissons.

Simple, mais il fallait y penser.

Qu'est-ce qu'une pantomime ?

L'époque médiévale ne se résume pas aux jeûnes et aux pieds malodorants. Il y avait aussi de grandes fêtes et festins. Noël, par exemple, était l'occasion de se gaver de petits pâtés de viande en croûte, de lapin au lait d'amande, de boulettes de porc en sauce… Tout ce qui flattait le palais et n'était pas du poisson ! Dans les villes, on allait voir des pantomimes, des pièces muettes qui racontaient des histoires comme celle de saint Georges et des sept défenseurs de la chrétienté. C'était un peu comme les spectacles scolaires de fin d'année, où l'on vous traîne de force parce que votre petite sœur a décroché le rôle de la troisième bergère sur la droite… Sauf que les pantomimes étaient jouées par des hommes adultes et qu'il fallait les payer.

Sans entrer dans les détails, qu'est-ce qu'un pot de chambre ?

Dans les maisons, les gens faisaient leurs besoins dans leurs chambres, dans des seaux ou des pots qu'ils vidangeaient ensuite au matin par leurs fenêtres. On était encore loin des toilettes avec chasse d'eau…

Pourquoi les moines se rasaient-ils la tête ?

Les moines portaient la tonsure, un cercle de peau rasée au sommet de la tête, autour duquel ils laissaient croître une couronne de cheveux, censée symboliser la couronne d'épines portée par Jésus sur la croix. Ils ne se rasaient pas tous les jours : le rafraîchissement des tonsures se faisait à certaines occasions bien précises, ce qui n'était pas sans occasionner quelques démangeaisons lors de la repousse.

D'où venaient les remèdes de frère Gilbert ?

Cuisine et médecine n'étaient pas si éloignées au temps de Pépin. L'infirmier et l'intendant utilisaient souvent les mêmes ingrédients. Frère Gilbert pouvait très bien se mettre aux fourneaux pour préparer une bouillie chaude d'eau, de farine et de moutarde, destinée à servir de cataplasme sur la poitrine d'un patient.

Il employait des plantes courantes en Grande-Bretagne comme le millepertuis (contre l'arthrite), la verveine (contre la fièvre), la grande chélidoine (contre les vomissements et les verrues), et la bourse-à-pasteur (contre les saignements) ; mais certains des ingrédients de la médecine médiévale venaient d'aussi loin que l'Inde ou la Chine. On importait de l'écorce de cannelle réputée soigner la diarrhée. La myrrhe était appliquée sur les blessures. Le safran de Turquie combattait les infections, mais parfumait aussi les plats.

Quand l'abbé Michel est tombé malade, frère Gilbert a concocté des remèdes à partir de composantes et de sources « médicales » diverses. Il a choisi la pulmonaire en se fondant sur la doctrine des signatures. Cette plante a des feuilles tachetées, qui ressemblent à des poumons malades. Certains sages médiévaux pensaient que Dieu lui avait donné cet aspect pour que les humains sachent qu'elle était bonne pour soigner leurs problèmes de poitrine. Frère Gilbert a également sélectionné le thym, une herbe souvent utilisée en médecine traditionnelle, et la réglisse, connue depuis Hippocrate et la Grèce antique pour être efficace en cas de toux et de refroidissements. Il mélangeait un peu tout, mais deux protections valent mieux qu'une !

Parmi les plantes locales se trouvait aussi la belladone, que l'on appelle également morelle marine, cerise du diable ou bouton noir. Bien qu'elle soit particulièrement vénéneuse, elle était utilisée en très petite quantité dans les remèdes médiévaux pour soigner une grande variété de symptômes, du mal de gorge à la typhoïde.

Et puis, il y avait le gingembre... On lui attribuait la propriété de guérir la peste, la peste noire. On le soupçonnait aussi de favoriser le péché de chair... Mais il était néanmoins largement utilisé, aussi bien en médecine qu'en cuisine !

Le monde de Wickit... Plus étonnant qu'une fiction, plus étrange que de la fantasy... Vous voilà avertis !

L'AUTEUR ET L'ILLUSTRATEUR

Joan Lennon est née au Canada. En 1978, elle part s'installer en Écosse où elle habite toujours aujourd'hui avec son mari, sur les bords de la rivière Tay. Elle a exercé toutes sortes de métiers plutôt fantaisistes qui l'ont amenée à voyager en Europe, en Australie, au Canada. Elle partage aujourd'hui son temps entre l'éducation de ses quatre fils, ses leçons de piano et l'écriture de livres pour enfants. Auteur prolifique, Joan touche un large public, s'adressant aux plus jeunes comme aux adolescents.

David Wyatt est né dans le Sussex en 1968. Il quitte l'école à dix-huit ans et entame une carrière dans la musique rock, qui tourne court. Il s'oriente alors vers l'illustration et trouve rapidement son propre style en travaillant pour différents médias. Aujourd'hui installé dans le Devon, il se consacre essentiellement à l'illustration de livres pour la jeunesse avouant une prédilection pour le genre fantastique (Tolkien, Philip Reeve...).

Un été étouffant s'est abattu sur les marais des Fens, tandis que le monastère de Wickit reçoit d'étranges visites. Un émissaire du roi est recueilli à l'infirmerie, bientôt suivi par un vieux viking, escorté d'une jeune dame et de deux colosses. Mais que font ces gens du Nord dans les parages ?

Pépin l'orphelin et son amie la gargouille de pierre se retrouvent entraînés dans la quête d'un trésor caché, qui va les mener dans des contrées redoutables. Sur les terres mouvantes des marécages où plane l'ombre d'un traître, l'or des cheveux d'une princesse scandinave ne fera pas oublier à Pépin que l'amitié est le seul vrai trésor…